Thomas Hürlimanns wunderbar vieldeutige Novelle ›Das Gartenhaus‹ handelt von Alter, Liebe und Tod.
Nach dem Tod des einzigen Sohnes beginnt ein zäher, stummer Kampf zwischen den alternden Eltern mit einer harmlosen Niederlage des Mannes. Er hat sich einen Rosenstock für das Grab des Sohnes gewünscht, seine Frau läßt einen großen Granitfelsen setzen. Fortan begleitet er sie widerwillig auf den täglichen Gängen zum Friedhof. Als er hinter dem Grabstein eines Tages eine halbverhungerte Katze erblickt, übernimmt er die Aufgabe, für den Verpflegungsnachschub dieser Katze zu sorgen, und die Phantasien des pensionierten Obersten der Schweizer Armee kreisen fortan um militärische Nachschubprobleme aus seiner aktiven Zeit und alte Berichte über die Versorgungsstrategien des Vietkong-Generals Giap. Eigensinnig verteidigt er vor seiner Frau und aller Welt sein Geheimnis mit immer neuen Ausreden. Als seine »Schande« eines Tages offenbar wird, gibt er die täglichen Friedhofsgänge auf, und von da an treffen sich die Eheleute in stummem Einverständnis im Gartenhaus, um ihren Erinnerungen an den Sohn nachzuhängen.
Als der Oberst stirbt, ist der Sohn in der Erinnerung der Witwe ein kleiner 10jähriger Junge, und sie hält nach späteren Bräuten für ihn Ausschau.
Es ist nicht zuletzt die kunstvolle Verflechtung von Melancholie und Komik, die Hürlimanns Novelle den Reiz heiteren Schwebens gibt – und dies ist allemal ein Indiz für das Meisterliche.

Thomas Hürlimann, geb. 1950 in Zug/Schweiz, studierte Philosophie in Zürich und Berlin. Drei Jahre arbeitete er als Dramaturg, u.a. am Schiller-Theater, Berlin. Seit 1985 lebt er wieder in der Schweiz. Bekannt wurde er gleich mit seiner ersten Novelle ›Die Tessinerin‹ (1981), dann als Dramatiker. Sein jüngster Erzählungsband ›Die Satellitenstadt‹ erschien 1992. Hürlimann wurde mit zahlreichen Preisen ausgezeichnet, u.a. mit dem Aspekte-Literaturpreis, dem Rauriser Literaturpreis, dem Berliner Literaturpreis und dem Marlieluise-Fleißer-Preis.

Thomas Hürlimann

Das Gartenhaus

Novelle

Fischer Taschenbuch Verlag

Veröffentlicht im Fischer Taschenbuch Verlag GmbH,
Frankfurt am Main, November 1993

Lizenzausgabe mit freundlicher Genehmigung der
Ammann Verlags AG, Zürich

Umschlaggestaltung: Buchholz / Hinsch / Hensinger
Druck und Bindung: Clausen & Bosse, Leck
Printed in Germany
ISBN 3-596-11878-6

Gedruckt auf chlor- und säurefreiem Papier

I

Jung war sein Sohn gestorben, noch vor der Rekrutenschule. Ein Rosenstrauch, meinte der Oberst, würde schön und bescheiden an das früh verblühte Leben erinnern. Lucienne jedoch, seine Gattin, wollte von einem Strauch nichts wissen – ein Stein mußte her, ein Granit. Er schrie, sie schluchzte. Nach langen Tagen in dumpfer Trauer konnten sie endlich wieder Wörter sagen, sie fielen sich in die Arme, sie fühlten sich schuldig, sie waren alt, und ihr Sohn, der einzige Sohn, war vor ihnen gestorben. Der Oberst bestand auf den Rosen, sie auf dem Stein. Er verhandelte mit einem Gärtner, und am selben Tag reiste Lucienne in die Berge, von Ossi Rick, dem jungen Steinmetz, geführt. Als sie, spät in der Nacht, nach Hause kam, waren ihre schwarzen Strümpfe mit Lehmspritzern besprenkelt, und der Oberst hätte schwören können, die leidgeprüfte Mutter habe unter der Dusche gesungen. Er wußte, daß er die Schlacht verloren hatte. Es war Winter, und der Boden war bis zur Sargtiefe gefroren – erst im Frühling konnte sein Strauch gepflanzt werden. Da sank er in seine Trauer zurück, in ein tagelanges Dämmern. Lucienne hielt sich in Ricks Atelier auf.

Sie wolle zusehen, hatte sie erklärt, wie aus dem rohen Fels das Grabmal hervorwachse. An einem eisigen Nachmittag war es dann soweit. Der Oberst, von seiner Gattin zum Grab bestellt, traute seinen Augen nicht. Hinter der Friedhofsmauer stand ein Kran, Stimmen brüllten, plötzlich erlosch die Sonne, und wie eine freischwebende Liftkabine surrte ein Getüm über die Mauer, schwebte aufwärts, hoch und immer höher, dann kam es, von lauten Rufen dirigiert, vom Himmel herunter, ein knirschender Klang, Gesplitter von Holz, der Grabstein war auf einem Betonsockel gelandet. Drei Männer lösten die Stahlseile ab, warfen sie in die Luft, und Sekunden später schwangen sie über die Friedhofsmauer davon. Eigentlich seien Steine dieser Größe gar nicht erlaubt, erklärte ihm eine weibliche Stimme, nur aus Achtung für ihn und sein Regiment habe sie der Friedhofsverwaltung eine Ausnahmegenehmigung abgerungen.

Er sah zum Kranführer empor, er verstand kein Wort.

»Nach dem Tod«, fuhr sie lächelnd fort, »kommen wir alle in den Stein, auch ich, auch du. Aber bei dir, mon cher, stellt sich ein gewisses Problem – du brauchst mehr Platz als unser Sohn oder ich.«

Der Oberst erschrak.

»Dein Rang«, sagte sie, »dein Regiment!«

»Was bleibt davon übrig?« fragte er.

»Nichts«, sagte sie, »aber hinter deinen Namen

und die Jahreszahlen werden wir auch noch deinen Rang und das Regiment setzen müssen.«

Im nahen Wald schrillte eine Motorsäge. Er starrte seine Gattin an. Mehr als eine Zeile, hatte sie noch gesagt, stehe einem Toten nicht zu. Er stopfte die Fäuste in die Taschen seines ledernen Offiziersmantels und sah, wie sich der Kranführer hoch oben aus seiner Kabine hangelte. Aber seltsam – nicht der waghalsige Himmelsturner, sondern er, der doch mit beiden Füßen fest auf der Graberde stand, wurde plötzlich vom Schwindel gepackt. Um eine fahle Sonnenblase herum gerieten Mann, Kran und Kabine ins Kreisen, immer schneller ins Kreisen, ins Wirbeln und Schwirren und Strudeln, eine Trauerweide wischte vorüber, dann Lucienne und wieder Lucienne und jetzt, schwer, der Schlag. Der Oberst schnaufte. Der Schwindel zog ab. Gottseidank, er war auf den Beinen geblieben. Eine unsichtbare Brandung hatte ihn auf den Granitfelsen geworfen, auf den Grabstein seines Sohnes. Wie ein Blinder fuhr er tastend über die Inschrift. »Gute Arbeit«, sagte er heiser, »verdammt gute Arbeit.«

»Danke«, sagte Lucienne und stapfte trotz der Kälte im offenen Persianer auf den Bildhauer zu. Der stand, eine Pfeife im Mund, bei den Arbeitern. Da verließ der Oberst den Friedhof, und er ging, ohne es vorerst zu merken, in ein anderes Land hinaus, in ein neues Leben.

Wie entsteht ein Verhängnis?

Indem es seine Entstehung verbirgt. Es schleicht sich heran, es gewöhnt sich an uns, und im Augenblick, da wir seine Fratze erkennen, lacht sie uns aus. Es ist zu spät, flüstert das Verhängnis.

Nachdem das Grabmal errichtet war, verließ Lucienne jeden Nachmittag das Haus. Sie gehe zum Sohn, sagte sie, und der Oberst glaubte ihr aufs Wort. Er saß in seinem Stuhl, sah stundenlang auf den See hinaus, fern schellerten Güterzüge, die Möwen zogen ab, und die Luft wurde lau. Erst nach Einbruch der Dämmerung kehrte sie heim, lächelnd, setzte sich auf das Kanapee und zog ihre Gummistiefel aus. Unter dem Regenmantel trug die Frau eine Gärtnerschürze und auf dem Kopf, je nach Wetter, einen Strohhut oder eine durchsichtige Plastikhaube. So, dachte der Oberst, besucht man keinen Künstler. Trotzdem nagte ein Zweifel an ihm, ein leiser Verdacht. Sie roch nach Parfüm, ihre Lippen waren geschminkt, und eines Abends ging der Oberst zum Friedhof, um die Grabbepflanzung zu inspizieren. Lucienne kniete vor dem Granitfelsen, eine Kindermelodie vor sich hinsummend, und legte Blumenzwiebeln in eine Reihe ausgestochener Löcher hinein. Es sehe nach Gewitter aus, sagte der Oberst, er habe einen Schirm mitgebracht. Sie warf einen Blick über die Schulter, sah lächelnd zu ihm herauf. Da zog er sich zurück, ging um die Abdankungskapelle herum und setzte sich unter einer alten

Linde auf die Parkbank. Der Friedhof stieg in breiten Terrassen hügelan, von einer hohen Mauer umfaßt. In alter Pestzeit war er angelegt worden, weitab von den Menschen, seit dem Ende des letzten Jahrhunderts jedoch hatte die Stadt zu wachsen begonnen und war ihren Toten mit Einfamilienhäusern und Wohnblöcken so nahe gekommen, daß hie und da ein Kindergeschrei über die Mauer sprang, bunt wie ein Ball. Die Abdankungskapelle war fast immer belegt, darin hatte auch sein Sohn gelegen, in einer nach Blumen und Weihrauch riechenden Kühle, die von Tag und Nacht vibrierenden Generatoren erzeugt wurde. Er spürte eine Hand auf seiner Schulter. Sie sei mit der Arbeit fertig, sagte Lucienne. Eine Weile saßen sie nebeneinander auf der Bank. Dann fielen ein paar erste, schwere Tropfen, der Oberst spannte den Schirm auf, bot ihr den Arm, und beim Ostertor ließ er seiner Gemahlin galant den Vortritt. »Age after beauty«, sagte er.

Anderntags, ohne daß sie sich abgesprochen hätten, verließen sie das Haus gemeinsam, und schon bald hatten sie sich an den Gang zum Grab wie an eine alte und liebe Regel gewöhnt. Sie waren die Eltern eines toten Sohnes. Sie hatten ihren Nachkommen überlebt, den Namensträger und Erben, der das Geschlecht hätte fortsetzen sollen in die Zukunft. Das war ein Widersinn der Natur. Dem zollte man, teils aus Trauer, teils zur Buße, mit dem täglichen Friedhofsbesuch den stillen Tribut.

Und es wurde Sommer, und der Sommer wurde heiß, und täglich um drei, zur Stunde des Karfreitags, tranken sie im Herrenzimmer ihren Tee. Dann befahl der Oberst den Abmarsch, Zielrichtung Grab, Arm in Arm gingen sie los, und von Zeit zu Zeit, wenn Lucienne es für nötig hielt, hängte sich der Oberst seine Golftasche über die Schulter, worin, anstelle der Schläger, ein Kinderrechen und eine Spitzhacke steckten. Hin und wieder war er seiner Gattin beim Gärtnern behilflich. Er ging zum Brunnen und füllte die Spritzkanne mit Wasser. Oder er kniete sich an ihrer Seite in die Blumen und jätete das Unkraut aus. Aber meist saß er auf seiner Bank, die Golftasche oder den Schirm zwischen den Knien, er dachte an dieses und an jenes, halb war er wach und halb wieder nicht. Hatte er geträumt? Der Oberst fuhr auf. Es war ein Abend im späten August. Nein, kein Traum, er hatte geschlafen, eilte jetzt zum Grab, sah zum Brunnen, »Lucienne«, rief er, »Lucienne, wo bist du?«

Sie war nach Hause gegangen. Hilflos stand er da, vielleicht nur Sekunden, vielleicht lange, bange Minuten lang, und hinter dem Grabstein kroch behutsam ein dürres Wesen hervor, knochig, zittrig und sah ihn mit großen Augen an.

Wie entsteht ein Verhängnis?

Abends saß der Oberst allein am langen Familientisch. Hie und da hörte er aus dem oberen Stock ein leises Wimmern – die Traurigkeit seiner Frau nahm in der Dunkelheit nicht ab, sie nahm zu. Er dachte an seinen Sohn und an längst vergangene Manövertage. Er trank eine Flasche Whisky, rauchte eine Schachtel Zigaretten, er hatte Hunger und keinen Appetit. So nahm er, fast ohne es zu merken, eine alte Soldatengewohnheit wieder auf. Er steckte jeden Morgen etwas Proviant in seine Tasche und verpflegte sich, wenn der Magen nach einem Happen verlangte.

Das Tier schnappte danach und war hinter dem Granitfelsen verschwunden.

Eines Nachts besuchte ihn Lucienne in seinem Zimmer. Der Oberst lachte, und das Licht, damit sie sein Gesicht nicht erkenne, knipste er aus. Es war seit dem Tod ihres Sohnes das erste Mal, daß sie miteinander schliefen, er schnaufend, sie weinend.

Und das Tier wurde zahm, es wurde geduldig, und ließ er die Fütterung einmal ausfallen, schien nichts zu passieren. In den ersten Wochen lief alles glatt. Der Oberst zog eine Gartenschere aus der Tasche und stieg hinter den Grabstein. Er wolle der Schneckenplage Herr werden, hatte er gesagt, aber nicht mit Gift, er hasse Gift, er zwacke die Schnecken entzwei.

»Du mit deinem Schneckenspleen«, sagte Lucienne.

Sie bat ihn, das Töten in ihrer Abwesenheit zu besorgen, setzte sich auf die Bank unter der Linde oder auf den Brunnenrand, und kam eine Witwe hinzu, um ihre Vase zu füllen, bot sie lächelnd ihre Hilfe an. Da gab dann ein Wort das andere, die Witwe beschwor das Leben ihres Gatten, Lucienne das Sterben ihres Sohnes, und der Oberst, hinter dem pompösen Grabmal allen Blicken entzogen, konnte seelenruhig den Nachschub für sein Tier deponieren. Manchmal häufte er etwas Erde darüber, und schließlich grub er die tägliche Ration etwa zwei oder drei Zentimeter unter der Oberfläche in die Graberde ein. Anderntags, wenn er nachsah, war nichts mehr da, und im Lauf zweier Monate war aus der zittrigen Jammergestalt ein gut ernährtes Kätzchen geworden.

Das Fleisch und die Essensreste nahm er aus dem Kühlschrank und schmuggelte sie in seiner Kitteltasche zum Grab. Einmal Troupier – immer Troupier. Er war und blieb frontorientiert, konzentrierte seine gesamte Aufmerksamkeit nach vorn, die im rückwärtigen Bereich spielenden Kräfte jedoch, wie sich alsbald zeigen sollte, bekam er nicht in den Griff. Am Grab ging er umsichtig vor, jede seiner Handlungen bedenkend, hier war die Front, hier konnte ihn nichts überraschen. Sah er die Katze kommen, befahl er den Abmarsch.

»Gehen wir?«

»Gehen wir.«

Aber den haushälterischen Blick seiner Gattin verkannte der Oberst. Unbekümmert schnitt er vom Sonntagsbraten eine Scheibe ab, stopfte eine Wurst in die Tasche, hundert Gramm Leber, etwas vom Schinken, und eines Nachmittags steckte er von einer Portion Hackfleisch, die sie am Vormittag gekauft hatte, die Hälfte ein.

»Ißt du rohes Fleisch?« fragte Lucienne.

Der Oberst verneinte.

»Dann bescheißt uns der Metzger«, sagte sie.

Er nickte. Dem Mann, bemerkte er, habe er nie getraut, und sie beschlossen, ihre Fleisch- und Wurstwaren künftig im Supermarkt zu kaufen – er war noch einmal, wie es in der Kasernensprache heißt, aus der Bratpfanne gesprungen, aber die Lage war kritisch geworden, gefährlicher als zuvor. Denn er brauchte Fourage, und wie konnte er, hinter ihrem Rücken, die tägliche Ration requirieren?

Ich bin ein alter Mann, dachte der Oberst. Ich habe ein gewisses Recht auf schrullige Gewohnheiten. Er ging am Vormittag in die Stadt, trank einen Zweier Roten oder in der City Bar du Bœuf einen Whisky und beschaffte sich auf dem Nachhauseweg die Nahrung, die er brauchte. Seinen Offiziersmantel hängte er in die Garderobe.

»Du wirst alt«, sagte Lucienne, und sie lächelte.

Er sei, sagte der Oberst, im Supermarkt gewesen, habe Zigaretten gekauft. Dann schluckte er, und sein Schlucken hörte sich an wie ein verwürgtes Klopfen. Glänzend pariert – die Packung mit dem Katzenfutter war nur wenig größer als eine Schachtel Gitanes.

Das Zeug habe sie weggeschmissen.

Was für ein Zeug?

Oh, nichts, nichts, gurrte Lucienne, und der Oberst mußte ihr versprechen, demnächst einen Augenarzt zu konsultieren.

»Muß mich wohl vergriffen haben«, sagte er noch.

Die Tage wurden kühler, der See kochte Nebel aus, und Lucienne bat ihren Gatten, die morgendlichen Gänge aufzugeben. Er gehorchte. Er hatte im Innern des Hauses ein Fleischlager angelegt.

Der Oberst kauerte hinter dem Grabstein seines Sohnes und drückte die tägliche Ration in die feuchte, klumpige Erde hinein. Es war kühl, es war klar und immer noch hell. Lucienne arbeitete auf der Vorderseite des Granitblocks. Offenbar versuchte sie, mit einer Seifenlauge die eingemeißelten Buchstaben sauberzubürsten; ein Hauch von Grünspan hatte den Namen verschattet. So rasch, dachte der Oberst, begann die Verwitterung. Vor einem halben Jahr war das Getüm vom Himmel herabgeschwebt, und glaubt man unseren Totengräbern, so braucht eine Leiche neun Monate, um alles Vergängliche vergehen zu lassen; diese Zeit war vorbei.

»Kommst du voran, Liebes?«

Sie schrubbte vergeblich, er wußte es. Der leise Zerfall war stärker als Lucienne und ihre Laugen.

Sie sei jetzt an der Neun, rief Lucienne. Das war die Neun des Jahrhunderts. Was bleibt von uns übrig, ein Name, eine Zahl und unter der Erde die Knochen. Er war in den Bergen aufgewachsen. Dort hatten sie die alten Gebeine, die sie aus den Gräbern holten, zu Mehl gemahlen; damit war der Sonntagskaffee gewürzt worden, und ging es ans Sterben, war das Knochenpulver die letzte Medizin. Er lauschte auf das regelmäßige Reibgeräusch ihrer Bürste, er hörte ihr Schnaufen – zwischen ihnen stand der Grabstein, der sie voreinander verbarg. Ob sie da unten, unter diesem Sockel, aufhören würden, voreinander zu fremden? Lucienne war die Tochter eines Textilfabrikanten, eine Mehrbessere, und er war aus den Bergen herabgestiegen, ein ganzes Menschenalter war es her, eine lange Zeit. Heimweh? Er hatte sich gegen die Steingröße gewehrt, aber nun, wie so oft in seinem Leben, wurde er für die erlittene Niederlage auf wunderbare Weise entschädigt. Dieser Felsen, den sie gegen seinen Befehl errichtet hatte, bot ihm den Schutz, den er brauchte. Hier, zwischen der Rückseite des Grabmales und der Friedhofsmauer, konnte er seine Pflicht ungestört erfüllen. Mit dem Handballen drückte er die Erde über dem eingebuddelten Fleisch noch etwas fester, dann erhob er sich, beugte sich über den Stein wie über eine Brüstung und sah hinab auf die kniende, reibende Gattin. In drei Wochen sei Allerseelen, hatte sie gesagt, zu Allerseelen wolle sie einen sauberen Stein haben.

fremdeln

»Woran denkst du?«

Nichts, sagte der Oberst, er denke an nichts.

Im weiten Gräberfeld zündete jemand eine Kerze an, jemand kluppte einen verdorrten Stengel ab, jemand stand am Brunnen und füllte eine Vase mit Wasser. Er nahm seine Handschuhe vom benachbarten Grabstein und zog sie an. Dann nickte er den Friedhofsgärtnern, die wie ausgesperrte Bettler vor der Abdankungskapelle hockten, einen Gruß zu. Sie rauchten Zigaretten, einer aß einen Apfel. Ein paar von ihnen grüßten zurück, ihrerseits mit den Köpfen nickend, und miteins stand jener Kranführer vor seinem Auge, der den Felsen über die Friedhofsmauer gehoben hatte, ein Siegertyp, dachte der Oberst, allerdings Kommunist, irgendwie schlitzäugig, das Kinn gereckt und auf der Pelzmütze ein roter Stern. Wann war das gewesen? Offiziersschule Walenstadt, kalter Krieg, im Saal eine Bruthitze, Tenue-Erleichterung nicht gestattet – hier sehen Sie Ihren Feind, meine Herren, so sieht er aus, das nächste Bild, und klickend warf der Projektor einen Panzerfahrer an die Wand, dann einen Flieger, Rak-Schützen, Infanteristen, eine schier endlose Galerie, ein ganzes Regiment, Mongolen, Kirgisen, Georgier, und alle mit Pelzmützen und auf der Mütze der rote Stern. Saallicht an, aufgestanden, und Kamerad Kessler, der damals sitzengeblieben war – er hatte sämtliche Iwans verschlafen – ging für vierundzwanzig Stunden in Arrest, bei Zollikofer gab es kein Pardon. Zollikofer, sagte der Oberst, er habe an Zollikofer gedacht.

Er klopfte gegen den Grabstein wie man gegen Holz klopft. Er schätzte sich glücklich, die genaue Anzahl von Kesslers Arreststunden nach so vielen Jahren noch präsent zu haben. Die wenigen Friedhofsbesucher waren verschwunden, die Gärtner stießen ihre laubgefüllten Karretten zum westlichen Tor hinaus, und im Dunst der einbrechenden Dämmerung wurde der Friedhof zu einem Land ohne Grenzen, zu einem grauen Planeten. Sieht ja aus, dachte der Oberst, als sei der Atomschlag hier oben schon passiert, und eine Weile hing er dem Gedanken nach, daß im Reich der Toten auch die Zukunft Vergangenheit sei. Er jedoch, siedend heiß fiel es ihm ein, war der Zeit und den Katastrophen, die sie bereithielt, schutzlos ausgesetzt, wie eine Zündschnur verbrannten die Minuten, rasch und immer rascher. Seine Katze kam pünktlich. Bei Emilio Hagedorn, Herzinfarkt, tauchte sie auf, ein Schatten, der um den hellen Marmor herumstrich, Sekunden danach glitt sie um das Weihwassergefäß des Kameraden Kessler herum, eine Prostata-Geschichte mit tödlichen Operationsfolgen, und eine halbe Minute später beschien das rote Windlicht auf dem Familiengrab der Zurlauben ein lautlos vorüberziehendes Fell.

Lucienne schrubbte immer noch. Er trat hinter dem Stein hervor und stellte sich auf den Kiesweg.

»Gehen wir?«

Sie schrubbte weiter. Da und dort funzelte feucht ein Licht, rot oder gelb, eine Laterne oder eine Grabkerze, und vorsichtig drehte der Oberst den Kopf. Hatte sie die Höhe Zurlauben schon passiert?

Da sah er sie, sie kam, Alarmstufe eins. Noch drei Minuten, dann hatte sie, via Hagedorn und Zurlauben, den sogenannten Dschungel erreicht, das fleischige Blätterdach über dem Grab der Siegenthaler, er Magen-, sie Darmkrebs, wo die Katze, nur noch drei Armlängen entfernt, zu warten pflegte, zwischen den beiden Urnen an den Boden geduckt, ein nachtschwarzer Knäuel, witternd vermutlich, aber reglos, vollkommen reglos – nur ein geübter Späher vermochte in der Dschungelfinsternis zwei grünliche Schlitze auszumachen – den Widerschein des Dämmerungshimmels in ihren Augen.

Sie war eine Wildkatze, die Schwanzkuppe abgeflacht, ähnlich wie beim Tiger, und ihr Näschen war rosa. Vermutlich war sie aus den nahen Wäldern herabgekommen, das eingesargte, von den Knochen faulende Fleisch hatte sie angelockt. Die Lebenden jedoch schien sie zu fürchten, zu meiden, sie hockte still, sie konnte warten, und erst, wenn der Oberst und seine Frau vom Grab sich entfernten, schnellte sie aus dem Dschungel hervor, sprang hinter den Stein und begann zu scharren. Aber war es nicht denkbar, daß sie ihre Scheu eines Tages aufgab? Der Oberst wischte mit dem Handschuh über die schweißnasse Stirn. Es fror ihn. Im Dschungel ein Rascheln, sie war da, der Himmel rot, und wie Funken brannten nah, zum Greifen nah, die Katzenaugen. Irgendwann, er wußte es, würde sie schnurrend herantapern, und im selben Augenblick hatte er seine Frau verloren. »Der tote Sohn«, sagte sie hin und wieder, »hat uns noch einmal zusammengeführt.«

Der Sohn? Nein, dachte der Oberst. Ihn führte die Pflicht zum Grab. Er, der ehemalige Troupier, war im Alter zum Nachschuboffizier für ein streunendes Tier geworden.

II

An ihre Mutter hatte sie keine Erinnerung. Die *Laetitia* – das war die stolze Ansicht ihres Vaters – war eingerichtet wie ein Kriegsschiff, nichts Überflüssiges an Bord, keine Weiber, keine Bilder, keine Tiere. Lucienne trug ein Matrosenkleidchen. Ein Diener servierte das Essen, ein Herr Sekretär saß im Vorzimmer und führte in Haus und Park ein strenges Regiment. Sie sei ein glückliches Kind gewesen, sagte sie später. Sie trieb sich im Park herum, sie warf Bälle in die Luft, und den Gehülfen, die zwischen der *Laetitia* und Vaters Fabrik hin und her pressierten, zeigte sie die Zunge. War ihr Vater auf Geschäftsreise – der Herr Sekretär sagte: »Wir sind über Land« –, bettelte sie dem Diener den Estrichschlüssel ab, kroch auf das Dach hinaus und sah hinüber zu den Giebeln und Kirchtürmen der Stadt. Wenn ich einmal groß bin, soll sie gesagt haben, möchte ich als Frau ungefähr so sein wie diese Stadt. Ihr Vater schrieb den kindlichen Spruch auf einen Zettel. Sie fand ihn, kurz nach seinem Tod, unter der Schreibtischplatte. Richtig, hatte der Vater auf der Rückseite vermerkt, alles Gute, ton père.

Sieben Jahre verbrachte Lucienne in einer Klosterschule im Welschland. Die Mädchen trugen dunkelblaue Ärmelschürzen und durften sich am Sonntagabend im Salle de récréation vor einem Radioapparat versammeln. Auf dessen Frequenzleiste leuchteten farbige Lichtpunkte, und die grünen Querstriche sahen aus wie Hochhäuser in der Silhouette einer fernen Stadt. So würde New York aussehen, dachte Lucienne, wenn man übers Meer kam, am Bug stehend, Wind im Haar. Die Mädchen lebten in Sälen – Schlafsaal, Speisesaal, Studiensaal –, und die langen, weiß gekalkten Klostergänge blieben auch im Sommer kalt. Ein Jahr vor der Matura trat sie aus, von all ihren Freundinnen bewundert – Lucienne ging in den Krieg.

Kalt wars, sagte sie später, scheißkalt auf den Perrons und fast noch kälter in den Wartesälen, wo die Rotkreuzschwestern die Einfahrt der fremden Züge erwarteten, in faßgroßen Teekesseln rührend, Butterbrote schmierend, am Zucker naschend. Lucienne schrieb lange Briefe an den Vater. Immer wieder bat sie um ein Bild ihrer Mutter, aber die Schreiben, die er dem Herrn Sekretär in die Feder diktierte, verweigerten die Antwort auf ihre Sehnsucht. Er habe seinerseits Fragen, teilte der Vater mit, und in dieser schweren Zeit, da er vom Export abgeschnitten sei, müßten sie vorgängig behandelt werden. Folgedessen ersuche er sie, ihm eine detaillierte Beschreibung des deutschen Zugpersonals zu liefern, zwar stünde die Genehmigung noch aus, aber er hoffe zuversichtlich, mit dem Reich baldmöglichst in Handelsverbindung zu treten, Dir alles Gute, ton père. Sie verlangte, dringend nun, ein Porträt oder ein Schmuckstück oder irgend etwas von ihrer Mutter, und so vage ihre Wünsche waren, so präzis verstand sie die Mäntel, Joppen, Handschuhe, ja sogar die roten Halstücher der deutschen Eisenbahner zu beschreiben.

In einer Julinacht kam sie mit einem Lokführer, dem sie eine teegefüllte Gamelle hochgereicht hatte, ins Gespräch. Der alte Mann gab zu, ein Halstuch aus Chinaseide zu tragen – das sei ein Relikt aus besseren Zeiten, unter dem Kaiser habe er den Börsenzug von Berlin nach Hamburg gefahren.

Postwendend kam vom Vater ein Lob. Vorzüglich beobachtet, mein Kind. Offenbar greife man auf die Pensionisten zurück, um die jüngeren Männer für neue Aufgaben und Strecken bereitzuhalten. Er rechne mit Hitlers Einmarsch in Rußland, Dir alles Gute, ton père.

Noch am Tag, da er ihren Brief erhalten hatte, kaufte der Vater tonnenweise Wollgarne ein und stellte seine Produktion auf die Herstellung von Stirnbändern, gefütterten Kappen und Fausthandschuhen um. Ein Teil unserer Waren, pflegte Lucienne später zu sagen, hat sich in den großen Kesselschlachten bewährt – es sei nicht auszuschließen, daß das eine oder andere Stück in den sibirischen Lagern noch heute getragen werde.

Im dritten Kriegswinter wurde sie krank. Man brachte Lucienne nach Hause, und wochenlang lag sie in einer heißkalten, dennoch wohlig schönen Wolke aus Schlaf, Fieber und Traum. Als sie wieder zu Kräften kam, fand sie auf dem Nachttisch die von ihr unterzeichnete Todesanzeige des Vaters. Er hatte sich, am Bett seiner Tochter wachend, deren Grippe geholt und vielleicht deren Tod. Der Arzt, der Lucienne gerettet hatte, wurde unmittelbar nach ihrer Genesung aufgeboten und nahm sie als Lazarettschwester mit. Sie war froh, daß ihr die weißblaue Tracht das Tragen von Trauerkleidung ersparte – ein schwarzer Knopf am Busen, mehr wurde nicht verlangt. Auch gab es kein Grab, der Vater, obwohl katholisch, hatte testamentarisch seine Einäscherung befohlen, und im Mai 45, als die Schlagbäume sich öffneten, trat der Herr Sekretär mit einem schmalen Zinkköfferchen eine weite Reise an. Vermutlich haben die Zöllner gelacht – einer der ersten Passanten wollte mit zwei Pfund Asche ausreisen in das rundum zerstörte Europa. Aber auch das hatte im Testament gestanden, typisch Papa, und wiewohl man vom Kofferträger nie mehr etwas gehört hat, darf angenommen werden, er habe den letzten Willen vollstreckt. Der Herr der *Laetitia* wollte über den Weltmeeren verstreut werden.

Im Lazarett lernte Lucienne, die nun leben wollte, endlich leben und lachen, die Langeweile kennen, die hoffnungslose Sehnsucht. Die Betten blieben leer. Die Ärzte soffen Schnaps. Die Schwestern sangen Lieder. Ennui. Cafard. Vater tot, Vermögen geerbt, und Lucienne mußte sich immer öfter bei dem Wunsch ertappen, die Operationstische möchten sich mit blutigen Männerkörpern beleben. Sie stellte sich Armstümpfe vor, die zittrig abstanden von muskulösen Schultern. Sie verschaffte sich Zeitungsartikel über die Stalingradarmee – die war untergegangen während ihrer Krankheit – und verschlang die Frontberichte so gierig wie früher die Briefe des Vaters. Sie ließ sich Stiefel schustern, nahm Reitstunden und träumte davon, an der Seite des großen Paulus, Kommandeur der geschlagenen Sechsten Armee, in die sibirische Gefangenschaft zu reiten. Lucienne, lebens- und todeshungrig zugleich, erlitt die bittere Erfahrung, daß an den Nachmittagen die Zeit nicht vom Fleck kam und trotzdem verging. Die Lazarettärzte wies sie ab. Sie las, sie ritt aus, und im Frühwinter 45 kreuzte ein junger Leutnant, ebenfalls zu Pferd, in einer sonnendurchfluteten Waldlichtung ihren Weg. Der junge Mann konnte von ihren Vermögensverhältnissen nichts wissen – das väterliche Werk war inzwischen verkauft worden –, und sein Fuchs hieß Carlos. Das ließ auf Schiller, also auf Bildung schließen, und von ihrem Vater hatte Lucienne gelernt: Unsere raschen Entschlüsse sind die besten, alles Gute, ton père.

Der Zug des Leutnants stapfte vorüber.

»Ich bin Anästhesieschwester«, sagte Lucienne. »Herr Leutnant, darf ich Sie betäuben?«

Eine Viertelstunde später nahm er Haltung an und bat die Schwester, die gerade dabei war, ihre Strümpfe am Schlüpfer festzuhaken, die Mutter seiner künftigen Söhne zu werden.

Sie liebte die Abende am Grab, hier war sie glücklich. Was sie sprach, war Gebet, und was sie tat, wurde ihr unter der Hand zum Gleichnis. Kurz war sein Leben gewesen. Seine Zeit hatte nicht ausgereicht, um im Waffenrock vor den Vater zu treten, ihr Reiben und Schaben an den Jahreszahlen jedoch – es dauerte eine halbe Ewigkeit. War das nicht schön, wunderwunderschön?

Er war hinter dem Grabstein wieder verschwunden. Wenn sie nur wüßte, wie sie ihm helfen könnte. Nie sprach er ein Wort über den Sohn, keine Träne am Sterbebett, keine am Sarg, aber nun, Monate nach dem Tod, wurde er spleeniger von Tag zu Tag. Grad eben hatte er einen richtigen Tanz aufgeführt, einen Tanz am Grab. Und es war beileibe nicht das erste Mal, daß er plötzlich in die Hände klatschte, gleichzeitig eine Art Husten hervorbellend – von den Schnecken nicht zu reden! Stets und ständig hockte er hinter dem Grabstein, angeblich auf Schneckenjagd, von Zeit zu Zeit ein Ächzen, ein leises Stöhnen, dann knirschten die Stiefel, knirschte sein Ledermantel, offenbar hatte er Mühe, auf dem schmalen Platz, zwischen Mauer und Stein, in der Hocke sich zu drehen. Und drehte sich da hinten, mit der Gartenschere, wie er sagte, die Schneckenleiber entzweizwackend, nur ja kein Gift, sagte er, bloß keine Schneckenkörner. Es ließ sich nicht mehr leugnen: Der Tod seines Sohnes hatte ihn verändert. Nun gut, brav wie ein Pudel begleitete er sie tagtäglich zum Friedhof, und die vormittäglichen Wirtshausbesuche hatte er aufgegeben. Aber sie fühlte, wie er sich von ihr mehr und mehr entfernte – er verkroch sich in seinen Gedanken wie ein waidwundes Tier in seiner Höhle. Die Neue Zürcher Zeitung, die er früher nicht nur gelesen, sondern studiert hatte, sah er kaum noch an. Was sind schon Nachrichten, hatte er bemerkt, Nachrichten gibt es jeden Tag, und nicht einmal die Schweizer Armee-Zeitung, die ihn anno 65 als Menschenführer und Troupier positiv besprochen hatte, vermochte ihn aus seiner abgeschiedenen Welt herauszulocken. Ungelesen lagen die Nummern unter seinem Bett.

»Gehen wir?«

»Gehen wir«, und Lucienne beeilte sich, ihre Putzsachen in seine Golftasche zu packen. Da ertönte die Hupe, Zizi, ihre älteste Tochter, die sie an den Abenden vom Friedhof nach Hause brachte, war vorgefahren.

Wie ein Heiliggrabwächter stieg er hinter dem Felsen hervor, sie wischte sich geschwind eine Träne aus dem Auge und nahm seinen Arm. Er war, trotz seines Alters, immer noch ein stattlicher Mann. Spleenig, dachte sie, aber das gehört wohl zum Wesen des Mannes. Auch ihr Vater hatte sich mit zunehmendem Alter in Schrullen eingesponnen, das Bureau mußte dunkel sein, auch tagsüber, und nur sein Globus, eine riesige, aus dem Innern leuchtende Kugel, tauchte den glatzigen Vaterkopf in ein grünblaues Aquariumslicht.

Jetzt bogen sie um die Abdankungskapelle herum, der Oberst drehte den Kopf, sah noch einmal zum Grab, auch dies eine Gewohnheit, ein Spleen, eine Schrulle, Lucienne konnte wetten, daß er punktgenau an der Ecke kurz innehielt und einen Blick über die Schulter warf.

Vor dem Ostertor stand der Toyota der Tochter – geblendet schritten sie in das Licht der Scheinwerfer hinein.

Die Chauffeuse mußte nun begrüßt und gefeiert und geküßt werden, und Lucienne tat gut daran, diesen Vorsatz mit aufwendiger Theatralik auszuführen. Denn die liebste Zizi, ihre Älteste, legte Schliff und Charme nur im gesellschaftlichen Verkehr aufs Parkett, en famille und in der Ehe war sie ein verletzliches, geradezu perfid und seismographisch auf Beleidigungen lauerndes Wesen, Unglück auf sich versammelnd, Verzweiflungen, Leid und Seelenpein. Als ihr Bruder im Sterben lag, war sie schwanger. Ob Zizi abgetrieben hatte? Niemand wußte es, nicht einmal sie, die Mutter und Zizis beste Freundin. Aber das war typisch für die Ärmste! Zum Zeitpunkt der vermutlichen Abtreibung war die Aufmerksamkeit der gesamten Familie auf den Sohn konzentriert, und Zizis Kinderlosigkeit galt seit jenen bitteren Tagen als tabu. Eine Person, dachte sie hin und wieder, ohne jede Hautbedekkung. Ja, trotz ihres herrischen Gebarens, trotz ihrer Heul- und Jammerarien, die Zähigkeit und Kraft verrieten – das schon, das allerdings! –, war die gute Zizi ganz und gar Wunde, sichtbar zuckten die Muskeln, pumpte das Herz, schnauften die Lungenbälge. Sie löste sich vom Arm des Gatten und segelte auf die Hautlose zu. »Wie schön, daß du da bist!«

»Hallo.«

»Wartest du schon lange?«

Sie zupfte ihrer Tochter ein Stäubchen vom Ärmel, klatschte in die Hände, und: »Nein«, entfuhr es Lucienne, »wie gut du heute aussiehst, wunderwunderschön!«

Der Oberst hatte sich auf den Rücksitz verkrochen, Zizi knallte die Wagenschläge zu.

In den Tagen vor Allerseelen belebte sich der Friedhof. Die Grabflächen wurden mit Tannenreisig zugedeckt, da wurde ein Hallelujaengel gewaschen, dort ein Marmorblock, die verdorrten Weihwasserwedel wurden ersetzt, und die Gärtner harkten stundenlang die Kieswege. Das Laub hatten sie von den Bäumen geschüttelt und eingesammelt, und fiel irgendwo ein einzelnes Blatt herab, kam einer angerannt und spießte es auf.

Lucienne war mit ihrer Arbeit frühzeitig fertig geworden. Aber noch immer kämpfte der Oberst seinen täglichen Kampf gegen die Schnecken, es mußte Hunderte geben, eine Masse, rostrote, schleimige, knochenlose Leiber, die er entzweischnitt, Abend für Abend, und hinter dem Grabmal in der Erde vergrub. Lucienne sagte kein Wort. Sie war froh, fast glücklich, denn seit einigen Tagen hatte er seine Lethargie überwunden. Kaum brachte sie ihm die Zeitung, riß er sie auf, abends saß er vor dem Radio, und zwei oder drei Mal hatte sie gehört, wie er hinter geschlossenen Türen mit einer Gebirgswarte telephonierte und mit schnarrender Befehlsstimme fragte, wann mit dem Einbruch des Winters zu rechnen sei. Dazu paßte, daß er immer wieder zum Himmel blickte, argwöhnisch, fast ängstlich – sie erschrak, es fiel ihr wie Schuppen von den Augen. In jener Nacht, da der Sohn verschieden war, war über Stadt und Land der erste Schnee gefallen. Wie hatte er damals gesagt? »Das ist der Kalte, Lucienne. Heute Nacht hat er angeschlagen.«

Und nach wie vor tranken sie um drei Uhr nachmittags ihren Tee, gingen zum Friedhof, und wenn es zu nachten begann, ertönte das Hupsignal der Tochter. Dann fuhr man schweigend in die Stadt hinab, und nur noch selten waren die in der Bucht verankerten Boote zu sehen. Tauchten sie aus dem Nebel hervor, lagen sie reglos, ein Rudel toter Wale. In vier Tagen war Allerseelen. Er saß auf dem Rücksitz, Zizi brauste die Uferstraße entlang, jetzt ließ er ein Hüsteln vernehmen, und Lucienne nahm es zum Anlaß, einen Entschluß, den sie schon seit Tagen gefaßt und mit ihrer Tochter besprochen hatte, dem Obersten bekanntzumachen. Es war Herbst geworden, und ihr Gatte war nicht mehr der Jüngste.

»Nach Allerseelen«, sagte sie, »werden wir unsere Grabbesuche reduzieren.«

Scharf bremste Zizi ab, bog nach links und fuhr in den Park der *Laetitia* ein. Verschorfte, alte Stämme. Gestrüpp wie loses Wurzelwerk, der Laubteppich schwarz und vermodert. Seit dem Tode des Sohnes wuchs der Garten in eine verwunschene Wildnis zurück, Lucienne ließ es geschehen, sie hatte beim besten Willen nicht die Kraft, sich gleichzeitig um das Grab und den Park zu kümmern. Das Haus mit all seinen Türmchen und Laibungen stand finster in der Nacht. Nur von der andern Seite der Bucht her, wo die Stadt lag, brach fahl ein rötlicher Schein durch die Bäume. In der Hauswand wurde ein Fenster zu einem blinden Spiegel, und mitten in der Wildnis trug eine runde Zinnkuppel einen Hauch von Glanz. Das war das Gartenhaus, die zerfallende Erinnerung an die glücklichste Zeit ihres Lebens.

Sie stiegen aus. Die Seeluft röche nach feuchten Windeln, bemerkte Lucienne.

Da ging Zizi unter die Bäume, wortlos ging sie ins Dunkel.

Lucienne kramte in der Handtasche nach dem Schlüssel und stellte fest, daß er an der Haustür im Schloß steckte.

Wenig später kam Zizi zurück. Man hatte Gnade vor Recht walten lassen und darauf verzichtet, sich umzubringen. Lucienne hätte sich am liebsten bei ihrer Tochter bedankt und schwor sich, vor der Kinderlosen das Wort Windeln nie mehr zu benutzen. »Ißt du mit uns?«

Danke, Maman. Sie habe leider keine Zeit. Vielleicht das nächste Mal.

Nun hieß es vorsichtig sein, Alarmstufe eins, wie der Oberst sagen würde. Ging sie auf die Tochter zu, um sich mit Küssen zu verabschieden, war diese imstande, den Kuß als Hinauswurf zu deuten. Tat sie es nicht, war es genauso schlimm, nein, noch schlimmer: Die Mutter hatte ihre Tochter zum Dableiben erpreßt.

Sie deutete auf die offene Tür. Im Herrenzimmer saß der Oberst in seinem Lehnstuhl, die Füße in ein Plaid gewickelt, in der Hand ein Glas Whisky, und es war gefüllt bis zum Rand. Sie mache sich Sorgen um Papa, flüsterte Lucienne.

»Ich muß trotzdem gehen.«

»Bitte, meine Liebe, tu, was du willst.«

»Gehen wir in die Küche«, sagte die Tochter, »da können wir ungestört miteinander reden.«

»Danke«, sagte Lucienne.

Am andern Morgen blieb der Oberst im Bett. Lucienne saß am Küchentisch, die Decke betrachtend, gilbende Flecken, und gegen zehn brachte sie ihm eine Kanne Tee und ein paar Toastbrote. Sein Zimmer war eingerichtet wie ein Kasernenschlag: Bett, Tisch, Stuhl, eine Kargheit, die an das Denken ihres Vaters erinnerte – nichts Überflüssiges an Bord, keine Weiber, keine Bilder, keine Tiere. Dennoch hatte sich ihr Gatte Jahre und Jahrzehnte gegen den Titel, der ihm durch die Heirat zugefallen war, gewehrt, und erst, als auch der spätgeborene Sohn damit anfing, ihn Capitano zu nennen, gab der Oberst seinen Widerstand auf. Es war ein Ehrentitel: il Capitano. Bei Borges hatte Lucienne gelesen, den Dingen wohne ein längerer Wille inne als den Menschen, und die *Laetitia,* die es für richtig hielt, nicht als Haus, sondern als Schiff zu gelten, entsprach diesem Wort. Ihr unsinniger Wille, der auf die Meerträume des früheren Besitzers zurückging, hatte auch den neuen Herrn, obwohl dieser in den Bergen geboren, Kommandeur einer Gebirgstruppe und nautischen Phantasien gänzlich abhold war, zum Kapitän gemacht. Er saß auf seinem Stuhl, aber sein nächtlicher Schatten lag immer noch auf dem Bett. Er hatte ihn dem Laken eingeschwitzt, und die feuchtgrauen Knitterfalten sahen aus wie Runzeln. Sie ging zum Fenster. Im herbstlichen Dunst schien der See weit wie ein Meer zu sein, fern schrie ein Wasservogel, im unteren Stock schlug die Uhr. Sie stellte das Tablett auf den Nachttisch, und die Tür zog sie sacht hinter sich zu.

Lucienne hatte über den Obersten triumphiert – der Granitfelsen, nicht sein Rosenbusch, war auf das Grab gekommen. Ein Strauch verblüht, dieser Stein jedoch ragte wie ein Gipfel aus dem Vergänglichen hinaus. Zwar hatte sie für den Sohn gekämpft, das gab sie offen zu. Sie glaubte, ein Toter sei erst dann wirklich tot, wenn er aus dem Gedächtnis der Lebenden entschwinde, und der Gedanke, in ferner Zeit, vielleicht im nächsten Jahrtausend, würde irgendein Friedhofgänger vor dem Grab eine Weile innehalten und aus der Verwitterung den Namen des Frühverstorbenen herauslesen, war für Lucienne ein Trost. Aber für den Gatten galt das auch, ob er es zugab oder nicht – der Meißel des Bildhauers würde ihn, seinen Rang und das Regiment über den Tod hinaus erhalten.

In der Halle blieb sie stehen. Ihre Gedanken, fand

sie, gingen im Kreis. Mit seinem Rosenstrauch hatte er eine Niederlage erlitten, gewiß, und sie ahnte, sie spürte, sie wußte es: Seither war ihr Mann ein anderer. Er trank. Er berauschte sich, lag in seinem Sessel und sank ein in eine selige Benommenheit, in eine Euphorie zwischen Tag und Traum. Er, der Frühaufsteher, stand von Tag zu Tag etwas später auf, heute war er nicht einmal zum Frühstück gekommen, und abgesehen von einem plötzlich entflammten Interesse für die herrschenden Witterungsverhältnisse, war seine Neugier auf die Welt, auf die Menschen erloschen. Das war sein Leiden: Er fand für seine Trauer keine Sprache. Oder war es noch schlimmer? Ja, dachte Lucienne, er wußte nicht einmal, daß er traurig war. Aber dennoch litt der arme Mann, litt wie ein Tier, und schien sich entschlossen zu haben, unter dem Stein zu leiden, den sie gegen seinen Befehl gesetzt hatte. Nein, dachte sie, nein, auch das war nicht die Wahrheit. Denn tagtäglich, entschiedener fast als sie, drängte der Oberst zum Friedhof. Um die Niederlage immer wieder von neuem zu empfinden? Um sich an diesem Stein, der ihm die Trauer ersetzen mußte, blutig zu wetzen? Dergleichen, überlegte Lucienne, wäre ihrer Tochter Zizi zuzutrauen, aber nicht dem Vater. Und so war der Kreis wieder geschlossen, die Katze biß sich in den Schwanz. Er sah im Stein eine Niederlage und fühlte sich in seinem Schatten sonderbar wohl. Er verdrängte seine Trauer, brauchte aber den täglichen Grabbesuch, um mit ihr fertig zu werden. Etwas stimmte nicht. Sie kehrte in den oberen Stock zurück und klopfte an seine Tür.

»Ist es erlaubt?«

Er saß noch immer auf dem Stuhl.

»Ich weiß, was dir angst macht«, sagte Lucienne.

Er schoß auf, seine Augen glühten, die Stirn wurde weiß. Sie sah, wie er nach Worten hechelte, vergeblich, jetzt ein Schrei: »Hinaus marsch fort!« schrie der nackte Mann.

Rückwärts stolperte sie über die Schwelle, zu überrascht, um den offenen Mund zu schließen, betäubt – hätte er seine Faust in ihr Gesicht geschlagen, es wäre nicht schlimmer gewesen. Ihre Hand riß die Tür zu, gerade so, als habe sie sich vor einem Raubtier in Sicherheit zu bringen.

Da sah sie, wie die Klinke nach unten ging, sahs mit Entsetzen, und plötzlich stand er in der Helle, die durch das Zimmer in den Flur fiel, und grinste – tatsächlich, er grinste. »Was soll mir denn angst machen?« fragte der Mann.

»In der Nacht, als er starb«, sagte Lucienne, »fiel der erste Schnee.«

»Warum«, fragte der Oberst, »soll sich ein alter Gebirgler vor dem Schnee fürchten?«

Er tappte auf sie zu, legte die Hand in ihren Rücken und zog sie an die Brust.

Er hatte es geschafft, seiner Frau zu einem Rätsel zu werden, aber Lucienne zweifelte daran, ob sie die

Kraft habe, die Geduld und die nötige Liebe, um es zu lösen. Sie gingen miteinander zum Grab, sie saßen am Tisch, und am Abend lag er in seinem Lehnstuhl und trank.

Zu Allerseelen fanden sich alle Töchter mit ihren Gatten in der *Laetitia* ein. Café complet hieß das im Jargon der Familie, und obwohl man am frühen Morgen die Totenmesse und anschließend das Grab besucht hatte, kam im Lauf des Vormittags eine gute Stimmung auf. Die Schwiegersöhne sprachen Lucienne ein Kompliment aus. Ihr Grab, sagten sie, sei ein Kunstwerk. Sie freute sich. Sie trank ein Gläschen Champagner, und erst gegen Abend kam ihr der Verdacht, die sonderbare Bepflanzung des Siegenthalerschen Grabes – die Töchter hatten sich darüber mokiert, nein, wie geschmacklos! – könnte vom Obersten arrangiert worden sein. Ja, es ließ sich nicht leugnen: Als man auf die wilden Bouquets zu sprechen kam, zuckte er zusammen, wie ein Ertappter, das Thema war ihm lästig, er wollte es wechseln. »Kein Wort mehr über die Siegenthalers!« hatte er gerufen, lachend, aber seine Augen waren eiskalt, voller Angst, voller Argwohn. Es schauderte Lucienne. War ihr der eigene Gatte so fremd geworden, daß sie ein zufälliges Zucken in seinem Gesicht vollkommen falsch verstand? Sah sie Zusammenhänge, wo es gar keine gab? Am Ende, dachte sie, bin ich die Verrückte, und sie stieß, allein im Herrenzimmer, ein helles, klingendes Lachen aus. Nein, beim besten Willen, das war des Guten zuviel! Das sprengte ihre Vorstellungskraft – der Oberst schleicht sich bei Nacht und Nebel auf den Friedhof und läßt die Urnen der beiden Siegenthaler unter einem schreiend bunten Blumenmeer verschwinden.

Eine Woche nach Allerseelen faßte sich Lucienne ein Herz und sagte: »Ich will an deinem Tod nicht schuld sein.«

»Warum du?«

»Du hältst es für deine Pflicht, mich Tag für Tag zu begleiten.«

»Was hat das mit dem Tod zu tun?«

»Nichts«, sagte sie.

Er lüpfte nur die Schultern, offensichtlich verstand er kein Wort. Da stellte sie die Tasse ab und erklärte in einer Rede, die sie selber als gewunden empfand, die kalte und nasse Herbstluft könne seiner Gesundheit schädlich sein.

»Abmarsch«, sagte der Oberst, »Zielrichtung Friedhof.«

»Gib es endlich zu!« schrie Lucienne.

»Was denn? Was soll ich zugeben?«

»Du kannst mit deiner Trauer nicht umgehen.«

»Doch«, versetzte er, »o doch«, hängte sich die Golftasche über die Achsel und bot ihr den Arm.

III

Als der Oberst erwachte, stand seine Frau am Fenster, und Zizi, seine Älteste, lag auf dem Kanapee. Offenbar sprachen die beiden von Ehedingen, sie beachteten ihn nicht. Von fern war ein leises Surren zu vernehmen, in der Vitrine ein Erzittern der Gläser – bei Meier-Labiche hatte die Nachtschicht begonnen.

Er hatte sich in seine Wolljacke eingeknöpft, und so schwach, so hinfällig, so kaputt und zerschlagen er vor zwei Stunden aus dem Toyota gekrochen war, so stark fühlte er sich nun, nach den ersten drei Gläsern, il Capitano in seinem Sessel, zu tüchtig, zu notwendig, zu unerläßlich für den Kurs und das Wohl seiner Familie, um von etwas anderem als einem Weltuntergang vernichtet zu werden. Seine Hand langte nach dem Glas. Er gönnte sich drei, vier kurze Schlucke. Gottseidank, es war den Damen nicht aufgefallen. Sie lieferten sich ein kleines Scharmützel, einander verbunden in Liebe und Haß, leise zischelnd, wispernd, flüsternd, und das war gut so, das war richtig – sein Schlaf war mit Ehrfurcht zu behandeln. Er nahm die Huldigung entgegen. Wenn il Capitano schläft, hat die Mannschaft auf leisen

Sohlen Wache zu schieben, drüben in der Stube ein Knarren, dann ein Dingdong, der erste Schlag, der zweite, und der Oberst sank wiederum hinab in eine wild strudelnde Bilderflut, halb schon im Schlaf, halb noch wach, aber durchpulst von einer strotzenden Kraft, von der Gewalt inbrünstigen Lebens.

Klirrend rissen Güterwaggons an ihren Kuppelungen, Gewieher und Geschnober, von der Lok flogen Rauchfetzen ab, ein schriller Signalpfiff, und obwohl der Oberst wußte, daß Gerber, seine Ordonnanz, schon vor Jahren abgetreten war, ewig eingebunkert, arbeitete der angeblich Tote mühsam ihm sich entgegen, die unruhigen Pferde mit Püffen und klatschenden Schlägen auseinanderzwängend. Jetzt salutierte er und meldete brüllend, die Pferdewaggonierung habe sich verzögert.

Zwei Wagen weiter bockte auf dem Verladesteg ein Gaul, aber der Mann, der das Halfter führte, verstand seine Arbeit und brachte den Teufel sicher in den Waggon hinein. Die Hufe, durch die ausgelegte Streu gedämpft, trommelten dumpf. Wind und Regen peitschten, Signallaternen schwankten, sein Zug, das hatte der Oberst begriffen, mußte losfahren. Mit drei Sprüngen stand er im Waggon, die Ausstattung inspizierend, und die Männer, die zwischen den Pferden standen, grüßten ihn dankbar. Er war einer von ihnen, ein Bub vom Berg, mit dem Vieh konnte er umgehen, es gab genug Hafer und

Streu. Er trat auf die Rampe und sah hinaus in die Nacht. Es roch nach Kohle und Pferdeäpfeln, nach Krieg rochs, der Ernstfall war da. Sanitäter mit riesigen Verbandskästen hasteten gebückt dem Zug entlang, stolperten im Schotter, fern eine Sirene, Fliegeralarm, aber noch immer lag auf der steilen Rampe ein Pferd, wiehernd, beißend, geifernd, die Zeit wurde knapp.

Ohne diesen Gaul fahren wir nicht ab! schrie der Oberst.

Verstanden, bestätigte Gerber, Logement für Offiziere am Schluß des Zuges!

Sollen es sich bequem machen – ich fahre mit der Mannschaft.

Jawohl, Herr Oberst.

Und das Pferd, wie von Zauberhand gehoben, kam plötzlich auf die Beine. Zuerst meinte er, die Hufe hätten auf den Bohlen Tritt gefaßt, aber das mußte ein Irrtum sein, eine Täuschung, denn das Pferd, als wären ihm Flügel gewachsen, stieg nun, auf den Rücken sich wälzend, empor in die Luft. Schier gleichzeitig sprangen die Wände der Viehwaggons auseinander, die Dächer klappten sich auf, und mit den dunklen Pferdeleibern, die in der hellen Feuerfontäne himmelan stiegen, stieg auch der Oberst. Tief unter ihm verbog sich das Eisengerippe des Zuges, die Sirenen verstummten, es wurde still, es wurde kühl, und keiner vom Train, das sah er noch, ließ seinen Gaul im Stich. Sie hielten sich an den

Halftern fest, und so blieben sie mit ihren Tieren verbunden wie Astronauten mit der Kapsel im All.

»Adieu«, sagte Zizi.

Nun küßten seine Lippen die Wangen der Tochter, und sie küßte ihn. Lucienne hatte ein Fenster aufgerissen, vom See flutete Kühle herein, und wenig später war aus dem Park ein dumpfes Knirschen zu hören; seine Tochter wendete den Toyota auf dem Kiesplatz, ließ zweimal kurz die Hupe ertönen, dann fuhr sie mit aufheulendem Motor zur Straße hinaus.

»Gute Nacht«, sagte der Oberst.

Er sah hinaus, sah zum Himmel. Er stand vor dem Winter, schon seit Tagen. Wann fiel der erste Schnee? Heute nacht?

Verdammt heiße Lage. Die fallenden Blätter hatten seiner Katze die Tarnung geraubt, und wer weiß, was geschehen wäre, hätte er die Gärtner nicht dazu bringen können, die Siegenthalersche Grabfläche mit allerlei Restbeständen zu überdecken. Urnen, hatte er ihnen gesagt, ertrage er nicht. Egal, meine Herren, wie Sie das anstellen, aber ich kann diese Vasen nicht mehr sehen. Es hatte ihn ein paar Flaschen gekostet, nicht mehr.

Er sog die Nachtluft ein. Er kannte den Winter seit seiner Kindheit, und nur Städter konnten meinen, der weiße Schnee lasse die Welt verschwinden. Im Gegenteil, er brachte alles an den Tag. Er ließ die

Gänge der Menschen und die Fährten der Tiere sichtbar werden.

Der Oberst schob seinen Sessel an den Ofen. Er goß sich das Glas wieder voll, er trank und lauschte dem Sprazzeln des Feuers. Einer muß wachen, sagte er sich, einer muß dasein.

In der letzten Novemberwoche fiel der erste Schnee. Der Oberst brach den Nachschub ab. Auch im Krieg sah man sich zu dieser Maßnahme, je nach Frontlage, veranlaßt. Aber das erwartete Jaulen und Winseln setzte nicht ein, nicht am ersten, nicht am zweiten, nicht am dritten Abend, und am vierten – Lucienne war gerade damit beschäftigt, das Eis aus dem Weihwasserbecken zu kratzen – ging der Blick des Obersten zum Himmel. Fast hätte er sein Geheimnis verraten. Da! – wollte er rufen, da ist sie ja, sie lebte noch. Sie hatte das verschneite Revier trotz des Hungers nicht verlassen und hockte seelenruhig auf der Mauer, die den Friedhof hinter der Gräberreihe abschloß. Zufällig hatte er drei Scheiben Schinken in der rechten und eine Tüte mit Vogelfutter in der linken Manteltasche. Er nahm die Tüte hervor, stapfte hinter den Granitfelsen, und als sie den Friedhof miteinander verließen – Arm in Arm wie immer –, sagte ihm seine Gattin, er sei zwar ein schrulliger, aber herzensguter Mensch. »Warum schrullig?« fragte der Oberst.

Sie kicherte kopfschüttelnd vor sich hin. »Ich habe dich beobachtet«, sagte sie schließlich, »du bist hinter den Grabstein gegangen und hast Futter ausgestreut.«

Ob sie etwas dagegen habe?

»Neinnein«, sagte Lucienne und begann ein Kinderlied vor sich hinzusummen – es schneielet, es beielet, es goht en chüele Wind, es früüred alli Vögeli und alli arme Chind.

Seis, daß ihr der feuchte Schnee nicht paßte, seis, daß sie ihre Spur nicht verraten wollte – fortan kam die Katze über die Mauerzinne, und wiederum erschien sie so pünktlich und leis wie früher, nach Einbruch der Dämmerung. Sie hatte vom Land- zum Höhenweg gewechselt. An den schrägen Ziegeln blieb der Schnee nicht haften, und ihr schien es ein leichtes zu sein, über den spitzen First hinwegzutänzeln. Auf der Höhe von Dossenbachs Grab blieb sie jeweils stehen, ein länglicher Schatten im Zwielicht, und wartete, bis der Oberst und seine Frau sich entfernten.

Die Angst, Lucienne würde die auf der Mauer lauernde Katze eines Tages erblicken, hatte der Oberst inzwischen verloren. Die Gute wurde nicht jünger, ihr Augenlicht schwächer, und es blickt der Mensch, der vor seinen Toten steht, nur selten zum Himmel auf.

Zu Weihnachten erhielt er eine große Packung Vogelfutter – dem Herzensguten von seiner Liebsten. Damit er die Vögel auch im Hochwinter füttern könne, sagte Lucienne, und der Oberst bedankte sich mit einem Kuß.

Neujahrsempfang in der *Laetitia*, alle Töchter, deren Gatten und sämtliche Enkel waren erschienen, nur Zizi hatte sich entschuldigt, ein Migräneanfall.

»Worum gehts?« fragte Schacht.

Lucienne hatte ihn aus dem Trubel in den Schlafsaal der Töchter entführt, und natürlich war er willig gefolgt, Schacht war Zizis Mann.

Er klappte eine silberne Zigarettendose auf und bemerkte grinsend, sie beide, Maman und er, wüßten natürlich, warum Zizi nicht gekommen sei.

Der Schlafsaal der Töchter war ein langer, weißer Raum. Einmal im Jahr, im Frühling, glänzte eine Putzfrau den Boden, es wurden die Betten ausgelüftet und die Spinde abgestaubt. Ansonsten aber war der Saal so leer, als sei dieser Teil der *Laetitia* bereits untergegangen, ein verlassenes, totes Deck. Die Radiatoren waren abgedreht, die Betten überzogen, und das Wachs, das die Putzfrau in den Linoleum rieb, hatte sich der unbelebten Kühle wie ein Desinfektionsmittel eingebeizt. Die Fenster gingen nach Süden, zum See hinaus, und die weißen Gitterbetten standen an der rückwärtigen Wand in einer Reihe. Lucienne horchte noch einmal zum Flur hin, dann schloß sie die Tür. Sie lächelte. Der Schlafsaal ihrer Töchter erinnerte sie an die Lazarette ihrer Jugend.

»Wollen wir ein wenig auf und ab spazieren?« fragte sie Schacht, erteilte ihm Raucherlaubnis und erklärte nun, nicht Zizis wegen wünsche sie ihn zu sprechen.

»Sie erträgt den Lärm nicht«, sagte Schacht, »Kinderlärm macht sie krank.«

Über jedem Bett, einer Fiebertabelle ähnlich, hing eine süßlich kolorierte Tafel, auf jeder Tafel der himmelfahrende Heiland, und jedem Heiland brach ein lanzengeschlitztes Herz, von einem Sönnlein umstrahlt, wie ein Geldbeutel aus Leib und Gewand hervor. Am Saum des windgebauschten Auferstehungsrocks hing welk ein Fußpaar, von der Nagelwunde überkreuz gezwungen, und darunter, mit Tusche gemalt, stand der Name der jeweiligen Bettinhaberin – der Name, der Tag und das Jahr ihrer Ersten Heiligen Kommunion. Im vordersten Bett, gleich an der Tür, hatte Zizi geschlafen. Sie war die Oberkommandierende des Schlafdecks gewesen – punkt 21 Uhr hatte sie Nachtruhe befohlen, und wehe jener Schwester, die bei dem Versuch, unter die Decke eines fremden Bettes zu schlüpfen, ertappt worden war!

Der Heiland über Zizis Bett war blaß, fast farblos, und Zizis Name konnte man nur noch mit Mühe entziffern: Sonne und Zeit hatten die Tafel gebleicht. Schritt man jedoch zwischen Fenstern und Betten in die Tiefe des Raumes hinein, so wurden die Namen und Jahreszahlen deutlicher, der Herzbeutel gewann an Farbe, und über dem hintersten Bett, wo ihre Jüngste geschlafen hatte, umstrahlte ein buttergelber Sonnenkranz eine saftig rote Herzwunde. Sie mache sich Sorgen um den Obersten, sagte Lucienne. Ernsthafte Sorgen.

»Ich bin immer für euch da.«

»Das Grab hat uns noch einmal zusammengeführt – im Alter sind wir glücklich geworden.«

»Schön.«

»Aber gefährlich«, setzte Lucienne hinzu. »Papa ist nicht mehr der Jüngste, wenn du verstehst, was ich meine, und die Temperatur liegt seit Tagen tief unter Null.«

»Darf ich fragen, warum du lachst?«

Sie schüttelte den Kopf. Es war ja so komisch, geradezu verrückt – in einem der Spinde war Fleisch gelagert, ja, Fleisch, ein Plastikbeutel voller Fleisch. Liebend gern hätte sie das Türchen geöffnet und Schacht den grausigen Fund gezeigt. Aber war der Mann ihrer Tochter Zizi lebensklug genug, um dergleichen zu verstehen?

Gewiß, der Tod des Sohnes hatte auch sie an jene Grenze geworfen, hinter der das Niemandsland des Wahnsinns beginnt, riesig wie Asien. Verglichen jedoch mit der Fleischaktion des Obersten war ihr nachtlanges Weinen geradezu harmlos – sie hatte die Grenze touchiert, und er hatte sie übersprungen. Sie hatte sich wieder beruhigt, schon seit Monaten, es fiel ihr schwer, ihre Zustände im nachhinein zu begreifen. Und er? Was tat er? Zwei Tage vor Weihnachten war es gewesen. Er hatte sich in den Schlafsaal geschlichen, sie ihm nach – vermutlich, dachte sie, hat er hier mein Geschenk versteckt. Hinter seinem Rücken sah sie nach. Eine schöne Bescherung! Wahnsinn. Wozu brauchte er Fleisch? Warum wurde hier, im Schlafsaal der Töchter, Fleisch gelagert, rohes, blutiges Fleisch?

»Fleisch?« fragte Schacht.

»Oh, habe ich laut geredet?«

Zizi habe ihre Launen, fuhr er fort, auch ihr Vegetarismus, ihre Verachtung des Fleischlichen – eine Laune, eine Mode, da heiße es abwarten, geduldig sein und abwarten. Sie ließ ihn reden. Sie wußte jetzt, daß sie den Schrank vor diesem Mann nicht aufschließen würde. Schacht, wie alle Männer, war ein naives Gemüt. Lieb, aber gefühlsdumm. Vermutlich erfüllten ihn Zizis Kompliziertheiten mit einem gewissen Stolz. Er, der brave Schacht, war mannstark genug, eine haut- und haltlose Gattin mit stoischer Ruhe durch die Klippen der banalen Alltäglichkeit zu steuern. Ein Onkel, kein Liebhaber. Daran ging Zizi zugrunde, und Schachts Geschäfte liefen besser von Quartal zu Quartal. Bitte, pflegte er zu sagen, wenn sie will, kann sie sich den besten

Analytiker nehmen, finanziell ist das kein Problem für uns. Ob er zu anderen Frauen ging? Sie sah ihn von der Seite an. Möglich, dachte Lucienne, aber nicht wahrscheinlich.

Mittlerweile wußte sie, daß sich der Oberst einmal am Tag in den Schlafsaal schlich und vom eingelagerten Fleisch einen Brocken herausschnitt. Bisher hatte sie die Sache für sich behalten. Zum einen wollte sie ihrem Gatten die Festtage nicht verdüstern, zum andern mußte sie auf eine Erklärung gefaßt sein, die noch schlimmer war, noch schrecklicher als ihr Staunen, ihre Ungewißheit.

Es sei kühl hier, bemerkte sie, und dann begann Lucienne von ihrem Sohn zu erzählen. Sie saß auf einem der Betten, eingesunken in den weißen, flauschigen Berg, und Schacht stand am Fußende wie der Arzt vor einem hoffnungslosen Fall. Die Erinnerung verklärt, und wie sie verklärt, nicht wahr, mein lieber Schacht? Sie ist ein scharfes, blendendes Gegenlicht, in das der Tote eintritt, zum Schatten werdend, verschwindend.

Mitte Januar begruben sie den Regierungsrat Blocher, Autounfall, und die rosenbesteckten Kränze, die farbigen Schleifen und Bouquets lagen wie eine tropische Insel im weißen Gelände. Der Boden war zu Glas gefroren, und das Glas zerbrach, der Schnee wurde sülzig, und Blochers Grab trat hinter frischen Gräberreihen zurück. Die Zeit ging ins Land, und tagtäglich gingen der Oberst und seine Frau zu ihrem Sohn. Im Februar holte er sich eine Grippe. Er fühlte sich fiebrig, er schwitzte und es fror ihn, dann kam ein Hüsteln hinzu, das bald schlimmer wurde, eine Art Militärhusten, hölzerne, knappe Stöße. Oh, nichts von Bedeutung, sagte er sich, nur die Quittung für ein paar Havannas, die man in feuchten Zeltnächten gepafft hatte. Zwei Tage lang blieb Lucienne zuhause, demonstrativ, ihm war es recht, allerdings benahm er sich am Grab wie gewohnt, und seinen Wunsch, das Tier an sich heranzulocken, ihr Fell zu streicheln, ihren Hals zu kraulen, unterdrückte der Oberst. Den Arzt lachte er aus. Die Luft, das wußte er, tat ihm gut. Dann kam seine Frau wieder mit, vom Husten war nicht mehr die Rede, und erreichten sie die Ecke der Abdankungskapelle, pflegte der Oberst vorsichtig den Kopf zu drehen, einen Viertelblick über die Schulter werfend, aber nur ein einziges Mal hat er sie gesichtet – ein Schatten schnellt von der Zinne ab und taucht hinter dem Granitfelsen in die Tiefe. Laß es dir schmecken, mein Kätzchen.

»Woran denkst du?«

Sie stellte diese Frage immer öfter, und der Oberst gab stets dieselbe Antwort: Nichts, er denke an nichts. Da er von seinem Vogelfutter nur selten ein paar Körner verstreute, trug er volle Tüten mit sich herum, heute war eine weitere dazugekommen, und er nahm sich vor, im Morgengrauen an den See zu gehen und seine Taschen zu leeren. Er hatte nicht gelogen, Lügen waren ihm verhaßt. Er dachte tatsächlich an nichts, aber trotzdem kroch und schlich sich etwas heran, eine Art Gefühl, eine Art Sehnsucht, nicht zu fassen, erst recht nicht zu verjagen, etwas Unbestimmtes, schmerzlich Schönes, und es wurde stärker von Woche zu Woche, von Tag zu Tag.

Die Katze war an sein altes, müdes Herz gewachsen.

Der schreckliche Fehler unterlief dem Obersten im März und war für einen Troupier typisch. Er hatte sämtliche Kräfte nach vorn konzentriert, nicht zu unrecht, die Lage war kritisch, Schneeschmelze, aber noch keine Belaubung. Würde sie bei der Höhenroute bleiben? Er zweifelte daran. Von einem Schneehaufen, den die Gärtner an die Mauer geschaufelt hatten, sprang sie ab; der lag zwar schattenhalb, aber der Haufen war in schwärzlich gerandete Narben und Krater aufgebrochen, er wurde schmaler, täglich schmutziger, und bei Einbruch der Dämmerung hörte der Oberst im alten Mauerwerk das Kratzen ihrer Krallen. Nur noch mit Mühe kam sie hoch. Was tun? Die Bepflanzung des Siegenthalerschen Grabes befehlen? Nervös stapfte er auf und ab, und fast war er froh um seinen Husten. Damit konnte er das Krallenkratzen überdecken. Steigende Temperaturen, ein Hoch über der Biskaya, aber die Baumäste sahen aus wie Eisenstangen, nein, das blühte nicht, das blühte nicht, nie. Der Kiesweg unter seinen Stiefeln wurde weich, an den Rändern schwamm Matsch, gurgelnde Tritte, nasse Gräber, es war ein Wettlauf mit der Zeit. Dann jedoch, über Nacht, klappte der Frühling wie ein hellbemalter Fächer sich auf, ein japanisches Aquarell in luftig heiteren Strichen. Die Kirschbaum-Plantage ob dem Friedhof stand in weißem Blust, aus den Grabvasen brachen bunte Sträuße hervor, unten in der Bucht kreuzten Segelboote,und die Urnen der beiden Siegenthaler waren unter dem Dschungeldach so plötzlich verschwunden, als wären auf dem Nachbargrab fleischige Pflanzen wie Fallschirmjäger gelandet – drunter weg schloff sie durch, nach oben gedeckt, die Gefahr war gebannt. Nun habe es keinen Sinn mehr, bemerkte der Oberst beiläufig, weiterhin die Vögel zu füttern.

»Jaja«, rief Lucienne, und dann, vom Ablesen der Reisigzweige aufblickend: »Das kratzt ja wieder, was kratzt da so komisch?«

»Ich bins«, antwortete der Oberst.

Seit einigen Tagen arbeitete er an der Friedhofsmauer. Er kratzte den losen Mörtel ab, um die Fugen neu zu verspachteln.

»Du hast Ideen!« rief Lucienne. Dann packte sie ein Bündel Reisig und trug es zum Container.

Ja, an alles hatte der Oberst gedacht, an das Kratzgeräusch der Krallen und wie es zu übertönen sei; an die Möglichkeit ihres ungetarnten Heranschleichens und wie er in diesem Fall zu reagieren habe; nur eines übersah er: Im Frühjahr wurde der Schlafsaal seiner Töchter ausgelüftet und geputzt.

Über den ganzen Winter, fast ein halbes Jahr, war alles problemlos gelaufen. Wenn er sie am Herd oder auf der Toilette wußte, huschte er geschwind in den Schlafsaal und versah sich mit der nötigen Portion. Sie wurde ins Nastuch eingezipfelt und in der Tasche seiner Hausjoppe verstaut. Auf Anraten des Arztes, hatte er Lucienne gesagt, behalte er die Joppe unter dem Offiziersmantel an, so sei man gegen Wind und Wetter geschützt.

Als ein Schrei die Stille zerriß, lag er noch im Bett. Er wußte Bescheid, im Augenblick – die Putzfrau! Er hatte die Putzfrau vergessen, sein Basislager war aufgeflogen.

Nun, eigentlich war es die purlautere Wahrheit: Er hatte Notvorrat gelagert, und da ihn Lucienne nicht fragte, für wen oder zu welchem Zweck, war nicht einmal eine Lüge nötig gewesen.

Wie entsteht ein Verhängnis? Und ist es möglich, daß sein Lächeln aus lauter Masken besteht? Reißt man die erste ab, zeigt sich die nächste, der leere

Mund wird zum Grinsen, die Augenlöcher starren, und schon jetzt glaubte der Oberst zu wissen, was hinter der letzten Maske zum Vorschein kommt.

Sein Basislager war aufgeflogen, ein neues mußte erstellt werden, und eigentlich nahm die Sache einen herrlichen Anfang. Aber auch das gehörte vermutlich zum Spiel – lächelnd sollen wir dem falschen Antlitz begegnen, heiter und geblendet.

Es kam so: Mißmutig war er an den Schreibtisch gegangen, mürrisch hatte er aus toten Laden alte Akten, Papiere und sein Werkzeug hervorgekramt, den Zirkel, den Kompaß, den Rechenschieber, und seis, daß ihm der Whisky bekam, seis, daß den altvertrauten Instrumenten und Meldeblöcken der Geist seiner erfolgreichen Taten entstieg – sein Gemüt erhellte sich.

Er blätterte, er träumte, er las.

Und zwischen den Zeilen seiner Befehle leuchtet miteins der Sonnenschein und der Glanz der Firne im ewigen Schnee; eine Anleitung zur Errichtung einer alpinen Haubitzenstellung weckt Erinnerungen; die Namen längst verschiedener Kameraden dringen mit lauten Stimmen an sein Ohr und rufen Truppenbewegungen, Manöversiege und die rauchige Atmosphäre vergangener Zeltnächte lebendig vor sein Auge. Das leuchtende Fenster eines Bauernhauses strahlt warm und honiggelb durch die finstere Bläue einer Winternacht; verkrüppelte Bäume, die letzten Posten vor der Gebirgswüste, stehen wachsam und alt über dem schlafenden Unterland; eine weiße Fluß- oder Straßenlinie durchschlängelt das von hohen Wänden verschattete Tal, der nahe Sturzbach tost schäumend in die Tiefe, und der Oberst steigt weiter, steigt höher, das Tosen wird zum Rauschen, zum Singsang, verliert sich, verklingt, und nun, fern von den Lieben, über die Tiefe erhaben, tritt er ein in die Stille, in den hohen, hellen Mittag des Gebirges.

Er arbeitete und träumte bis tief in die Nacht hinein.

Er brach eine weitere Flasche an und schrieb den Liebesbrief an Elvira Fonti, die Gattin seines ehemaligen Divisionskommandeurs, mit schwungvoll verstellter Schrift zu Ende. »Ich küsse Sie, meine Holde, und sehe Ihrem Erscheinen in banger Erwartung entgegen, der Sie seit langem heimlich Verehrende, der Unbekannte. PS: Schlage vor, Ihre mir nicht unbekannte Freundin Lucienne als Anstandsdame mitzubringen. Denke, das alte Mädchen hat das nötige Verständnis, und der Form ist Genüge getan. Herzlich, ich zähle auf Sie, der Ihrige.«

Noch in der Nacht trug er den Brief zur Post. Anderntags gestand ihm eine deutlich verstörte Lucienne, Elvira, ihre beste Freundin, habe sie in dringender Sache zu sich gebeten, Alarmstufe eins, ja, jetzt, sofort. Er wunderte sich. Der Unbekannte lud erst übermorgen zum Rendez-vous, aber vermutlich, dachte er, will Elvira schon heute die Fragen der

Toilette besprechen – »geh nur«, brummte er, »dem alten Drachen meine Grüße.«

Erst am späten Abend kehrte Lucienne zurück, von Zizi gestützt, die Tochter so bleich wie die Mutter, offenbar litten sie gemeinsam unter dem Frühlingsföhn oder an föhnbedingter Migräne, für ihn hatten sie keinen Blick. War etwas schiefgelaufen? Am Dienstagmorgen hatte er endlich Gewißheit: es klappte. Lucienne nahm küssend Abschied. Gab zwar keine Zielrichtung an, aber der Oberst war überzeugt, sie würde an Elviras Seite ins Café Ascot marschieren, wo der Unbekannte, zwischen zwei und vier Uhr nachmittags, der Dame seines Herzens eine Rose überreichen wollte.

Schlag vier schloß der Oberst seine Arbeit ab, das neue Basislager war erstellt. Als Lucienne wenig später nach Hause kam, saß er in seinem Stuhl, das Plaid um die Beine gewickelt, das Kinn lose, die Augen geschlossen. Lucienne, das merkte er wohl, stand lange in der Tür. Dann stupfte sie sanft seinen Kopf an, aufwachen, mon cher, Zeit für unseren Gang zum Grab.

Und so hatte sich, kurz nach dem ersten Zwischenfall, ein zweiter ereignet. Der Oberst hatte den falschen Liebesbrief in ein Couvert gesteckt, das auf der Rückseite seinen vollen Namen trug, den Rang und das Regiment.

Und doch, sagte er sich, und doch war es ihm gelungen, Lucienne für zwei Stunden aus dem Haus zu locken und die angelieferte Ladung an einem neuen, nun sicheren Ort zu verstauen. Wog das nicht mehr als die Schmach? War das nicht wichtiger als das Gerede in den Kasernen, das Gekicher der Offizierswitwen, das Grinsen seiner Schwiegersöhne?

Es ließ sich nicht mehr leugnen, nicht mehr verdrängen: Ihr Gatte war verrückt geworden. Lucienne stand in der Halle. Tickend drang die Stubenuhr durch die Wände, jetzt das Knarren, das Dingdong, es war elf Uhr in der Nacht.

Sie erschrak. Die Hirsche! Da waren sie wieder, und es war wie damals, als ihr Sohn im Sterben lag – das Rudel erwachte, erwachte zum Leben, war bereit zum Sprung.

Ihr Vater hatte die Hirsche vor Jahrzehnten geschossen, angeblich in den Karpaten, Jagdtrophäen, hatte er gesagt, seien keine Tiere, keine Bilder. Sie war damals noch zu klein gewesen, um den alten, großen Mann zu verstehen, aber sie hatte immerhin begriffen, daß er den Köpfen und Geweihen eine magische Kraft zusprach. In der Eingangshalle, hoch über den Köpfen der Bewohner und Besucher, standen sie aus der Wand hervor, ein rundumlaufender Kranz, und kündeten seit Jahr und Tag von der Macht des Jägers. Zwar hatte der neue Herr noch am Abend seines Einzuges erklärt, mit dem Jagd- und

Waidwerk habe er nichts am Hut, aber natürlich war er verpflichtet, seiner Gattin den Willen zu lassen. So blieben die Trophäen, die das einzige Andenken an ihren Vater waren, an ihrem Platz. Mit der Zeit vergaß man sie, sie setzten Staub an, die Augen wurden grau, die Schnauzen vergreisten. Um die flach abgeschnittenen Hälse jedoch strahlten Risse aus, spinnwebdünne Sterne, und sah sie genauer hin, so war der Staub kein Staub mehr, die Augen nicht blind, und ihre verschneiten Schnauzen hingen witternd in die Halle hinaus. Nach Schnee rochs, nach Wald. Die Totenstille! So war es gewesen, als der Sohn im Sterben lag, und so war es auch nun, da sie mit dem wahnsinnigen Obersten allein das riesige Schiff bewohnte – die Totenstille schien das Rudel an seine Winterwälder zu erinnern und lockte es zurück ins Leben. Aus dem oberen Stock hörte sie das Tappen nackter Füße, später die Toilettenspülung, ein lautes, böses Röhren, und seis, daß sich die Schnauze eines urweltlichen, schon vor Jahrzehnten erlegten Damhirsches tatsächlich bewegt hatte, seis, daß Lucienne von ihrer Einbildungskraft sekundenkurz überrumpelt wurde – der alte Hirsch löste das Rätsel, mit mahlendem Kiefer. Er war ihr Gatte, sie hatte ihn lieb, ihre wahre Liebe jedoch, die große, sie verzehrende Liebe ihres Lebens ging durch ihn hindurch zum Toten, zum Sohn. Das mußte er spüren. Das schmerzte ihn. Das war er nicht gewöhnt, das ertrug er nicht, und darum, nur darum, sann der

Mann sich allerlei aus, um den ihm angestammten Platz in ihren Gefühlen wieder einzunehmen. Hätte sie ihn nur wörtlich genommen! Notvorrat! Natürlich – er wollte demonstrieren, wie fürsorglich er Tag und Nacht an den Fortbestand der Familie dachte. Würde die Mobilmachung ausgerufen, wären sie fürs erste mit Fleisch versehen, ganze Schränke voller Fleisch, seht her, ich habe vorgesorgt, ich, der Kapitän. Auch sein Brief an die Fonti mit der schalkhaften Bitte, sie, Lucienne, möge als Anstandsdame erscheinen, ließ sich einfach erklären – sie wars, seine eigene Frau, um die er freien, die er zurückgewinnen wollte. Und deshalb, nur deshalb, sein täglicher Gang zum Grab, trotz Husten, trotz Fieber: Ihre Liebe wollte er erzwingen. Auch ich, versuchte er Abend für Abend mit wortloser Deutlichkeit auszudrücken, bin traurig, so traurig wie du, unsere Gefühle sind dieselben, wir sind uns nah, so nah wie niemals zuvor.

Ein Satz aus der Wand heraus, der Satz eines toten Tieres – Lucienne hatte ihn sofort verstanden: Ich bin dein Hirsch, ich bin dein Herr.

Er war eifersüchtig auf ihre Trauer. Er duldete keinen andern neben sich, auch wenn es der eigene Sohn war, den er überlebt hatte. Das war die Botschaft der Hirsche, und Lucienne, als sei sie immer noch das Mädchen im Matrosenkleid, kicherte ein wenig und bedankte sich mit einem Knicks. In den Kristallprismen des Lüsters funkelten Sterne, und sie ging nun so vorsichtig, als ginge sie über Eis, auf den Schalter zu, löschte das Licht, schlüpfte geschwind aus den Schuhen. Dann stieg sie den dunklen Fenstern entlang in den Estrich hinauf. Jeden Abend stand sie eine Weile auf dem Dach. Aber das wußte niemand, nicht einmal Zizi, ihre Vertraute.

Lucienne stieß die Luke auf und stieg hinaus – in den Himmel, in die Nacht.

Eine Zeitlang ging alles seinen gewohnten Gang. Alle paar Wochen, kurz vor Anbruch des Tages, erwartete der Oberst am vereinbarten Ort den Anmarsch des Gefreiten Habernoll. Der kam pünktlich wie die Katze, der wußte, was er seinem ehemaligen Kommandanten schuldig war. Obwohl auf flacher Straße, tauchte er im Stapfschritt des Schweizer Gebirgsinfanteristen aus dem Zwielicht auf, klein, alt und langsam, zog dem Industriekomplex von Meier-Labiche entlang, querte, ohne nach links oder rechts zu sehen, den Bahndamm, dann die Kantonsstraße, und erst jetzt, da er den wartenden Obersten erreicht hatte, steifte Habernoll den Rücken gerade und ließ den Rucksack dem Bein entlang zu Boden fahren. »Herr Oberst, Gefreiter Habernoll mit der Fourage.«

»Danke, Gefreiter, wie gehts immer, wie stehts?«

»Vorige Woche hat eine Katz gejüngelt. Zwei

hat sie selber gefressen, den Rest hab ich dazugepackt.«

Nun kassierte der Mann den Schlachter- und Trägerlohn, schwang den leeren Sack, den der Oberst jeweils bereithielt, über die Schulter, deutete eine Habachtstellung an, klappte in die Krümmung zurück und stapfte so gebückt wieder davon, wie er gekommen war, heimzu, in die Berge. Das Fleisch, das er angeschleppt hatte, wurde in der Folge in kleinen Portionen zum Friedhof geschmuggelt und in der Graberde verbuddelt. Ja, alles ging seinen Gang. Sie gingen zum Friedhof, es wurde Sommer, es wurde heiß, die Erde wurde trocken, und seine Kräfte, die schwanden, schonte der Oberst. Da ihm der Weg zur Bank vor der Abdankungskapelle bald zu weit war, setzte er sich hinter den Granitfelsen – der Stein, sagte er, sei kühl, er tue ihm wohl. Lucienne goß die Blumen. »Ich durchschaue dich«, rief sie lachend, »du befürchtest, einer deiner Soldaten könnte dich bei der Grab- und Gärtnerarbeit ertappen.«

Er saß im Schatten, er war müde, er schwieg.

»Ich kenne dich, mon cher, du bist eitler als du ahnst!«

Warum zum Teufel fiel in diesem Sätzchen das Wort »Ahnung«? Ahnte sie etwas? Jetzt fuhr er auf. Hätte am liebsten geschrien. Weltwut. Tobsucht. Was fällt dir eigentlich ein? Glaubst du tatsächlich, ich würde mich unserer Grabtätigkeit schämen? Ich wäre imstande, ich, der Kommandeur, vor einem Untergebenen mich zu verstecken? Aber der Oberst sagte kein Wort. Mitleidig und feinfühlig wie sie war, hatte sie versucht, ihm eine halbwegs passable Erklärung für sein Schattenhocken zuzuspielen. Sie wollte verhindern, daß der Gatte vor seiner Gattin sich schämte. Und so rasch, wie sein Ärger aufgeflammt war, flackerte er vom Obersten wieder ab. Hier oben gelang ihm einfach alles. Hier war die Front, hier war der Troupier im Element. Wie hatte Zollikofer gesagt? Bewege dich niemals umsonst. Lerne zu harren, zu warten. Ihnen ins Stammheft, meine Herren Generalstäbler – wenn Sie nichts zu tun haben, tun Sie es sofort! Herzhaftes Gelächter und Knöchelapplaus auf den Schulbänken. Das war Zollikofer. Er verstand es, gewisse Merksätze mit soldatisch-markigem Humor in ihre Hirne zu meißeln, unvergeßlich – Jahre später steht man im Gefecht, Angriff oder Rückzug, was jetzt, wie entscheiden, da fällt einem der Alte ein, gerade noch rechtzeitig: Meine Herren, wir warten. Wir lassen sie kommen, öffnen eine Zange, dann schlagen wir zu. Lucienne ging mit der leeren Spritzkanne zum Brunnen, und der Oberst vergrub in der brüchigen Erde den Nachschub für seine Katze.

Herrlich dann, zumindest im Anfang, das große Gewitter im frühen August!

Über den Kamm des Hügels fahren Wolken auf, ein grollendes, schwarzes Dach; Windstöße in den Trauerweiden, davonflatternde Gärtnerschürzen, Blüten und Blätter zu Wirbeln gesogen, hochgeworfen, weggefegt, und jetzt, plötzlich, der erste Schlag. Ein Schlag über Stadt und Bucht, eine Explosion, und für den Bruchteil einer Sekunde ist alles in Stücke zersprengt, die Gräber und Grabsteine, die Weihwassergefäße, Vasen, Kreuze, Kränze, Urnen. Jäh der Schlag, jäh die Helle, und schon klatschen die ersten Tropfen herab, eine Sintflut, ein Sturzbach, er packt sie an der Hand, hört ihr Rufen, ihr Schreien, aber hinter sich, wie von fern, er zieht sie stolpernd mit sich fort, über Gräber hin, über Wege, durch Büsche und hinein in die Abdankungskapelle, wo sie endlich stehenbleiben, lachend, wasserübergossen, keuchend, glücklich. Draußen stürzt der Himmel in gleißenden Licht- und Wassergüssen herab, Donner krachen, Sirenen heulen, aber hier drinnen waren sie sicher, sie waren dem Gewitter entkommen. Eine Lampe brannte düster. Nach Kerzen rochs, nach verblühten Blumen, nach Tod. Im aufgebahrten Sarg eine Leiche. Unter dem Kinn die ineinandergekrümmten Knochenhände, die Maske wächsern, die Augen mit Heftpflastern zugeklebt. Eine schwüle Stille, trotzdem kühl, und draußen das brausende Leben, spritzend und gurgelnd und pladdernd, ihre Brust hob und senkte sich, ihr Gesicht glänzte, Regen und Schweiß, er küßte Lucienne auf den

Mund. Sie saßen an der Wand am Boden. Hier gab es keine Bänke, nur der Tote im Sarg hatte mitten im Raum seinen hohen Platz. Er legte seinen Kopf an ihre Brust. Er war froh, ihr eine Manifestation seiner wiedererwachten, durch die lange Trauerzeit übertäubten Gefühle geben zu können, legte seine Hand zwischen ihre Schenkel, und plötzlich spürte er ihre Zunge an seinem Hals. Lucienne leckte ihm die Nässe ab, Regen oder Schweiß oder beides, jetzt mußte er hüsteln, nur wenig, aber sie, besorgt wie sie ist, die ewige Karbolmaus, greift geschwind in seine Joppentasche, zieht das Nastuch hervor und mit dem Nastuch, das wie immer verzipfelt ist, das Fleisch. »Was ist denn das?«

Dann sagt sie nichts mehr, sie weint. Fleisch. Schon wieder, wie im Schlafsaal, hat sie Fleisch entdeckt, rohes, blutiges Fleisch. Und er, die Ruhe selbst, frißt es auf, den ganzen Klumpen, Fleisch vom Gefreiten Habernoll, vielleicht vom Schwein, vielleicht ein toter Hund, und es würgt ihn, aber der Oberst würgt das Fleisch durch die Gurgel in den Magen. »Du weißt ja«, sagt er schließlich, »es hapert mit meinem Appetit.«

Vor ihnen der Aufgebahrte, im Boden das Summen der Kühlmotoren, ein leises Betonzittern, und draußen wird der Sturm zum Murmeln im Abend.

»Habe immer einen Bissen in der Tasche«, sagt er

noch. »Alte Soldatenregel. Iß, wenn du Hunger hast.«

Jetzt muß er husten.

»Iß«, sagt er, »wenn es die Gefechtspause erlaubt. Zollikofer. Hat Zollikofer gesagt.«

Und will von Zollikofer reden, aber es verschlägt ihm die Sprache, auf allen Vieren muß er zur Tür, will sie öffnen, hängt an der Klinke, bricht ein – er kotzt auf die Schwelle. Als sie endlich ins Freie gelangen, zieht das Gewitter ab, eine Wolkenbank mit herabhängenden Bärten, die im frischblauen Abend ferne Höhen bestreicht. Er gibt ihr seinen Arm. Er führt sie zum Ostertor, öffnet das Gitter, läßt ihr den Vortritt. Im Torbogen eine Inschrift, vom Meißel geschrieben: WAS IHR SEID, DAS WAREN WIR. WAS WIR SIND, DAS WERDET IHR.

Wo bleibt die Tochter? Da sehen sie den Baum, den es über die Straße geworfen hat, ein Durchkommen für Motorfahrzeuge nicht mehr möglich, seine Knie werden wie Gallerte so weich. Nur jetzt nicht schlappmachen, befiehlt sich der Oberst.

IV

Eines Abends, es war noch im Winter gewesen, hatte Lucienne auf dem Friedhof ein leises Maunzen vernommen, vermutlich eine Katze, der Oberst jedoch, als habe sie ihn bei einer Ungeheuerlichkeit ertappt, war totaschenfahl geworden, die Augen aufgerissen, die Hände zittrig, und dann, nur wenige Wochen später, März oder April, jedenfalls Frühling, die Luft schon lau, ein Kratzen von Krallen im Gemäuer, wieder diese Katze – und wieder Panik in seinem Blick, Entsetzen. Dann hatte er einen Hustenanfall hervorgewürgt, offensichtlich war er bemüht, das Geräusch zu überdecken, sie sollte das Tier nicht hören. Aber warum? Damals hatte sie für sein Verhalten keine Erklärung gefunden. Eine weitere Schrulle, hatte sie gedacht, was solls.

Seit dem Gewitterabend in der Abdankungskapelle wußte Lucienne: Die Botschaft der Hirsche war falsch gewesen, grundfalsch, und beinah empfand sie es als Hohn, daß dieser Tag, der ihr die Augen geöffnet hatte, so gewaltig dahergekommen war, mit Blitzen und Donnerkrachen. Ihr Schmerz war groß, so groß, daß sie ihn tagelang nicht zu spüren vermochte. Wie eine Schlafwandlerin ging sie durch die Zimmer, einer Zerstreuten ähnlich, die etwas sucht und im Lauf der Suche vergißt, was sie verloren hat. Manchmal zitterten die Möbel aus ihrem Gesichtskreis weg, mit feuchten Schleiern sich verhüllend, und erst jetzt bemerkte sie, daß ihre Augen weinten. Sie fühlte sich hintergangen und gleichzeitig mißbraucht. Schließlich hatte der kränkelnde, alte Herr immer öfter ihren stützenden Arm nötig, um hinter den Grabstein zu gelangen, wo er, wie sie mittlerweile beobachtet hatte, Tag für Tag einen Brocken Fleisch vergrub – Fleisch in die Erde des toten Sohnes! Das war mehr als Betrug. Er heuchelte Trauer, schleppte die Golftasche, gewann ihre Liebe zurück, in Tat und Wahrheit jedoch hatte er seine Frau zur ahnungslosen Gehilfin für seine perverse Aktion gemacht. Etwa aus Rache? War diese Katze seine Antwort auf den Granitfelsen? Hatte er noch immer nicht verwunden, daß auf dem Grab ein Stein stand und kein Rosenbaum? Aus dem Spiegel ihres Badezimmers glühten ihr rotgeäderte Augen entgegen, und diese Augen waren im Gesicht einer verhärmten, alten Frau das einzig Lebendige. Aufgeschwollene Tränensäcke. Furchen, Runzeln, der Busen erschlafft. Ob sie ihn zur Rede stellen sollte? Sie betrachtete die Tabletten in der flachen Hand, schlug sie gegen die Lippen und betete darum, noch in dieser Nacht möge ein entsetzlicher Streit ausbrechen, ein Entscheidungskampf voller Zankworte, das Ende ihrer Ehe. Da wuchs aus ihren

Augen ein feuchtes, sich bewegendes Strahlenbündel hervor, und schon begann die eben noch kampfbereite Frau im Spiegel zu zerfließen, wieder mußte sie weinen. Ein böser Gott hatte ihr den Sohn entrissen, nun raubte ihr eine Friedhofskatze den Gatten, ihr Herz gefror. In Luciennes Leben gab es keine Männer mehr, jedenfalls keine lebenden, und gerade in dieser Jahreszeit, da in der Natur die großen Veränderungen geschahen und die alten Menschen an die Vergänglichkeit gemahnten, gewannen die Toten an Macht – wie schwarze, nächtige Vögel rauschten sie durch Luciennes Träume und Gedanken, eine Katze in den Krallen, die hoch über der Welt verendete. Es war sechs Uhr früh. Sie rief ihre älteste Tochter an, und im späten Vormittag fuhr sie mit Zizi nach Zürich. In der Bahnhofstraße kaufte sich Lucienne einen farbigen Hut und ließ sich à la mode frisieren.

»Was ist denn los?« fragte Zizi.

»Nichts«, sagte Lucienne. Nichts. Nur eine Katze. Eine Friedhofskatze. Und dann kam es hoch, alles kam hoch. Wut kochte auf, ein Blutwirbel, der aus dem Magen durch den Rücken ins Hirn schoß, so plötzlich, so gewaltig, daß es ihr mitten auf der Straße den Atem verschlug. Auf Zizi war sie wütend. Ja, auf Zizi und diesen dummen Toyota. Papa, hatte sie gesagt, ist nicht mehr der Jüngste. Bitte sei so lieb und hol uns ab. Der Weg ist zu lang für seine alten Füße, sieh doch, wie er leidet, wie ihn die

Trauer verzehrt! Und die Tochter, blöd wie sie war, gehorchte. Kreuzte Abend für Abend mit diesem himmelschreiend häßlichen Toyota vor dem Ostertor auf und transportierte den alten Herrn nach Hause zurück. Freiwillig. Ohne zu murren. Pflichtbewußt. Und merkte nicht, wozu sie gebraucht, vernutzt und tagtäglich verheizt wurde. Für die Katze! Ja, mein Kind, so siehts aus, das ist die Wahrheit – ohne deine Hilfe hätte er längst kapitulieren müssen, schwach und alt, wie er ist. Lucienne rang nach Luft. »Darf ich dich etwas fragen, meine Liebe?«

Zizi nickte lächelnd. Sie schien den Ausflug mit ihrer Mutter zu genießen.

»Wann wirst du endlich erwachsen?«

Zizi lächelte immer noch.

»Und überhaupt – «, schrie Lucienne, »muß es ausgerechnet ein Toyota sein? Warum ein Japaner? Merkst du nicht, daß die Japsen die ganze Welt überfluten?«

»Maman«, stammelte Zizi, »je t'en prie – «

»Maman! Maman! Hör endlich auf damit. Das ist ja krankhaft. Ja, meine Liebe, du bist auf dem besten Weg, zur griesgrämigen Gouvernante deiner Eltern zu werden. Aber das brauchen wir nicht, Papa und ich, das wollen wir nicht, noch sind wir kräftig genug, um auf eigenen Beinen zu stehen. Laß dir endlich ein Kind machen. Oder besorg dir eins. In der dritten Welt sind sie billig zu haben. Die warten nur darauf, von den frustrierten Psycholeichen des Abendlandes abgeholt und mit allerlei Neurosen vollgepumpt zu werden. Oh, ich kann nicht mehr«, stöhnte Lucienne, »meine Liebe, verzeih mir. Ich bitte dich, verzeih.«

Zizi legte sich eine Haarsträhne hinters Ohr. Sie war noch nicht in der Lage, mit einem Gefühl, geschweige denn mit einem Gedanken, den Ausbruch ihrer Mutter zu parieren.

»Wollen wir zusammen essen?« fragte Lucienne. »Ich lade dich ein.«

Wenige Tage nach dem großen Gewitter hatte sich der Tag gejährt, da der Oberst mit der Fütterung begonnen hatte, und im September, der in diesem Jahr trüb war und kühl, begann er zu ahnen, daß er den kommenden Winter nicht mehr überhauen würde. Seine Lage war schwierig geworden, eigentlich aussichtslos, denn nach wie vor mußte die tägliche Pflicht unter Beachtung aller Vorsichtsmaßnahmen absolviert werden, gerade so, als sei nicht das Geringste geschehen. Er goß sich das Glas noch einmal voll. Seine Katze wollte leben, nur revieren und fressen und leben. Das war des Pudels Kern, da lag der Hund begraben, alles andere war unwichtig. Ob sie Bescheid wußte oder nicht, seine Alte – weitermachen, hieß die Parole. Wer spricht von

Siegen, überstehen ist alles. Pflicht. Soldatische Gesinnung. Mit fliegenden Fahnen, aufrecht, entschlossen bis zum Letzten. Er würde das Tier verteidigen. Wie hatte Napoleon gesagt? Nach der Schlacht an der Beresina wars gewesen, Schnee bis zu den Hüften, unter rötlichem Himmel brannten schwarze Gehöfte. Ein Schweizer Regiment hatte ihm den Rückzug gedeckt, todesmutig, im Carré, als seis eine Exerzierübung, waren sie vor den anrückenden Russen stehengeblieben, Schuß, nachladen, Schuß: bis keiner mehr stand, kein einziger, Messieurs, so Napoleon zu seinen Marschällen, greifen Sie mit Schweizern niemals an, sie sind zur Verteidigung geboren, und jawohl, sagte sich der Oberst, die Katze wird verteidigt, so rasch geben wir nicht auf, mag der Iwan heranstürmen, Schuß, nachladen, Schuß: Wir stehen, bis wir fallen.

Er war vom Sessel gerutscht, das Glas in der Rechten, ohne es zu merken. Ihre Ständerlampe brannte. Neue Frisur? hätte er gern gefragt, das alte Mädchen hatte sich aufgefrischt, recht so, aber es gelang ihm nicht, das Wort an die aufrecht an ihrem Pültchen sitzende Dame zu richten, er legte den Hinterkopf auf die Sitzfläche seines Sessels und sah sich die Decke an. Wir können weder die Zeit wählen noch die Schlachtfelder – wir werden gerufen, dann haben wir uns zu bewähren, wo auch immer, der eine an der Beresina, der andere vor Monte Cassino, er auf dem Grab seines Sohnes. Wer spricht von Siegen, überstehen ist alles.

Vom Gewitter war nie mehr die Rede. So hatte er keine Ahnung, ob sie sein Geheimnis kannte oder nicht, aber dennoch spürte der Oberst, daß es seiner Frau nur noch mit Mühe gelang, die langen Abende mit ihm zu verbringen. Aufrecht saß sie da, stumm wie ein Stein.

»Woran denkst du?«

Sie schien seine Frage überhört zu haben. Er wankte zum Radio, drehte an den Knöpfen, irgend ein algerisches Gedudel, und Lucienne, ihr Album an die Brust gedrückt, verließ wortlos den Raum. Er grinste. Obwohl sie alt waren und genug gelebt hatten, dachte der Oberst, würden sie nun ihre letzten Reserven mobilisieren, um sich in einer Umarmung gegenseitig zu erwürgen.

»Gute Nacht, Lucienne!« rief er in die Halle hinaus, aber von oben kam keine Antwort.

Im Jargon der Familie hieß er Kasak, genau wie bei der Truppe, katholischer Sakramentarier, Prosak war der protestantische, aber nur mit dem Kasak, dem bei der Truppe beliebten Feldpater, verkehrte man privatim. Er war der Geistliche im Stab ihres Gatten gewesen, er hatte alle ihre Kinder getauft, die

Töchter verehelicht und den Sohn beerdigt. Lucienne mochte den Kasak. Sein Hang zur Trunksucht, der im Meßkelch jeden Morgen einen frühen Anfang nahm, störte sie kaum. Kam er zu Besuch, warf er sich auf das Kanapee, legte den Kopf in den Nacken, den Rauch der Zigarre fast senkrecht gegen die Decke blasend, und glich in dieser Stellung, wie ihre Freundin Elvira vor Jahrzehnten bemerkt hatte, dem großen Gottfried Benn. Kein Schädel, ein Dichterhaupt. Tatsächlich hatte er anno 39 ein Buch herausgegeben: Predigten wider den anstürmenden Feind. Darin wurden Hitlers Soldaten als Ludersäcke, Bierwampen-Vögte und kettenlose Höllhunde gegeißelt, so daß es keine Sünde sei, sondern heiligste vaterländische Pflicht, die Schweizer Bajonette in das barbarische Blut des Feindes zu tauchen und die verfluchten Galgenzeiserl und Bluthunde für ihre Taten mit Tod und Vernichtung zu strafen. Aber der Überfall hatte nicht stattgefunden, und nach dem Krieg reduzierte der Kasak sein poetisches Temperament auf melancholische Aperçus, die er hin und wieder in die Armee-Zeitung einrücken ließ: »Liebt das Leben und lacht, ihr wißt nicht, Freunde, wann euch die Stunde geschlagen hat.« Oder, noch pointierter: »Das Leben ist zu kurz, um schlechte Weine zu trinken.« Auch galt er als begnadeter Totenredner, etwas zu würzig vielleicht, nicht mehr ganz zeitgemäß, aber die Herren und Damen, die ihm lauschten, wurden älter von Jahr zu Jahr, sie überhörten seine Sprüche. Wer wird der nächste sein, fragten sie sich, und ihre Blicke suchten die Runde ab, die am Grab sich versammelt hatte. Sie verzogen sich, einer nach dem andern, in die Spitäler, in die Altersheime, in die Gräber, und schon bei der Beerdigung ihres Sohnes war die Liste der Abwesenden länger gewesen als die der Teilnehmer. Die Grabrede für den Obersten, hieß es, habe der Kasak seit Jahr und Tag in der Schublade, fix und fertig geschrieben, nur die Art des Todes mußte noch eingefügt werden.

Wenn im Herrenzimmer der *Laetitia* sein Lachen erscholl, ließen die Kristallgläser im Glasschrank ein zittriges Echo erklirren, und fast schien es Lucienne, als sei die Kasak-Lache das einzige, das in ihrem Kreise frisch und frech geblieben war. Denn die Herren Kameraden und ihre Gattinnen, sofern sie überhaupt noch erschienen, vermochten schallend nicht mehr einzufallen, gläsern waren sie, gebrechlich, und Elvira Fonti bedeckte mit einer altersfleckigen Hand ein schlecht haftendes Gebiß, das mehr als ein Grinsgemümmel nicht gestattete.

Im Unterschied zum Obersten, der in militärischen Belangen ganz und gar auf die US-Amerikaner fixiert war, galt die Verehrung des Kasak Rommel und Montgomery. »Ich persönlich«, sagt er zuweilen, »ziehe den Troupier dem Strategen vor, und sehen Sie, meine Liebe, good old Montyboy war nun gerade beides, war Stratege, war Troupier, und beides war er perfekt. Als Monty unser Land besuchte, hat er sogar die Holzstöße einer Inspektion unterzogen – wahrhaftig ein Gentleman, Frau Oberst!« Und der Kasak lachte wieder, lachte schallend, griff zum Glas und leerte es in einem Zug. Eigentlich ein Wunder, dachte Lucienne, daß es dem alten Knaben gelang, seine Messe ohne Lachsalven zum Segen zu bringen.

Früher war er an jedem Donnerstagnachmittag zum Tee erschienen, pünktlich wie die Uhr. Dabei war ihm alles, was die Zeit und ihr Vergehen maß, bis auf die Knochen verhaßt. »Aber ich bitte Sie«, hatte er an Zizis Hochzeitstafel gemeint – Luciennes Brautgeschenk: eine handgeschnitzte Schwarzwälderuhr – »ich bitte Sie, was brauchen wir Uhren, wir vergehen von selbst.« Ein wenig pikiert hatte sie dem Spötter zugestimmt. In der Sache mochte er recht haben, die Älteste war unter der Haube, die andern würden folgen, was brauchen wir Uhren, wir vergehen von selbst. Ja, das war typisch Kasak – ein Uhrenverächter, der seine Pünktlichkeit ins Akribische übertrieb. Schlag drei Uhr hatte er früher in der Halle gestanden, dann hatte er sich aufs Kanapee geworfen und sein Lachen angestimmt. Warum? Niemand wußte es. Vielleicht sah er eine Fliege und fand es lustig, daß Fliegen an Decken herumkriechen.

Mein lieber Kasak, so würde sie beginnen, Sie wissen, wie sehr ich an meinem Gatten hänge, er ist der Vater meiner Kinder. Alles hätte ich ihm verziehen, glauben Sie mir, aber dieses Tier – nein. Beim besten Willen, ich kann es nicht.

Jetzt würde er fragend aufblicken. Wie bitte, liebste Freundin, habe ich recht gehört – ein Tier?

Ja, mein Bester, o ja, auch ich brauchte lange, bis ich ihm auf die Schliche kam. Mein Gatte, müssen Sie wissen, fühlt so logisch, wie er denkt. Haßt das Unbestimmte, auch im Seelischen. Greift in jeder Lebenslage zum Sezierbesteck seines Verstandes, um sämtliche Regungen fein säuberlich zu zerteilen und bei den zuständigen Kategorien einzuordnen. Stabsarbeit, wenn Sie verstehen, was ich meine. Sorgfältige Planung, dementsprechend die Ausführung, auch im Bett, eigentlich immer, das ist Zollikofers Stil, Zollikofer hat ihn leben gelernt.

Good old Zolliboy!

Gewiß, würde sie antworten, blitzgeschwind, damit der Kasak nur ja keine Gelegenheit bekäme, seine Lob- und Grabrede auf Zollikofer zu wiederholen, gewiß, mein lieber Hauptmann, aber die Trauer, sehen Sie, ist ein sonderbar gemixter Cocktail. Da schwimmt Erinnerung mit, also Glück. Da leuchtet Sehnsucht auf, ein wohliges Heimweh, ein süßer Schmerz. Und gleichermaßen gärt Verzweiflung in diesem Kelch, Hader, Wut, jawohl, auch Wut auf den Schöpfer ist dabei, eine grausame Verwünschung. Unser Sohn ist tot, und wir sollen leben. Können Sie mir folgen, Herr Hauptmann?

Trauer ist ein eigentümliches Erleben, gleichsam die Essenz der Existenz. Da zischt alles durcheinander. Da ist Schmerz und Glück dasselbe. Und wiederum nicht dasselbe, aber was rede ich, Sie wissen genau, was ich meine. Ein von Zollikofer geprägter Seelenverstand ist der Trauer nicht gewachsen. Er muß versagen. Jämmerlich muß er versagen. Denn die Trauer ist ein Vulkan, und was aus diesem Toten- und Gespensterreich emporschäumt – für meinen Gatten war es ein glühender Nebel. Nacht. Verirrung. Und was tut der Gute? Sie werden es nicht glauben, Herr Hauptmann – er lockt eine Katze zum Friedhof und füttert sie an.

Wie bitte?

Eine Katze, ja, aber das Allerschlimmste – diese Fütterung geschieht hinter meinem Rücken. Und das, ich muß es leider sagen, ist Verrat, ist Betrug, ist eine niederträchtige Verletzung meiner heiligsten Empfindungen. Neben dem Gartenhaus, Herr Hauptmann, ist die Trauer um meinen Sohn das Wertvollste, das ich besitze. Ich möchte sogar noch weitergehen. Nur noch in diesem Gartenhaus, das ich im übrigen nie mehr betrete, und in meiner Trauer kann ich mich selbst erkennen. Nur noch da lebt ein Rest von mir, ein armseliger Rest, der verzuckende Schatten einer einst glücklichen Lucienne.

So oder ähnlich würde sie reden. Nun hätte sie den Kasak gebraucht, dringender als je zuvor. Aber nach dem Tod des Sohnes hatte der Feldpater seine Besuche eingestellt, genau wie die alte Fonti, und an den Donnerstagnachmittagen saßen Lucienne und der Oberst in ihren Stühlen, tranken Tee und warteten auf die Gäste, die nicht mehr erschienen.

Seitdem es kühler geworden war, fuhren sie im Taxi zum Friedhof, und im Toyota der Tochter fuhren sie zurück. Lucienne freute sich auf Allerseelen. Dann würde toute la famille zu Messe- und Grabbesuch sich einfinden, und die *Laetitia,* die in dieser Jahreszeit wie ein Schrottkahn am Ufer dümpelte, würde sich beleben.

Es roch nach Teer, nach Bahnhof und Abreise. Wie an jedem Abend stand sie für eine Weile auf dem Dach, tief unter ihr die vielen, weißen Betten, und alle waren sie mit Schontüchern überzogen. Hier oben hatte sie schon als Kind geträumt; hier hatte sie als Mutter eine Weile ausgeruht, endlich allein, fern vom Geplapper ihrer Töchter; und nun, da die *Laetitia* leer war, empfand sie das leise Glück, unter ihren Füßen würde das Vergangene noch immer lebendig sein – die Wärme, die aus den Dachzinnen stieg, war der Atem ihrer schlafenden Kinder. Kaum ein Windhauch in den Wipfeln der Parkbäume, am Himmel strahlten Sterne, der See war eine Fläche aus schwarzem Lack.

Jetzt hörte sie, wie der Oberst die Terrassentür öffnete, Tritte treppab, dann im Kies, er ging hinaus in den Park, ins Dunkel der Nacht.

Lucienne trat vom Geländer zurück, stieß mit der Ferse an einen Liegestuhl, sein Gestänge war morsch, das Tuch vom Wetter gebleicht. Irgend jemand, dachte sie, müßte endlich aufräumen. Aber das dachte sie Abend für Abend, und sie wußte, die Liegestühle würden hier liegenbleiben, Strandgut aus besseren Zeiten. Darin hatten sich ihre Töchter vor Jahren gesonnt, und eine Zeitlang war unter den Staffelkommandanten der Flugwaffe das Gerücht gegangen, Debrunner, dem Mirage-Piloten, sei es an einem Maienmorgen geglückt, die Obristentöchter in einem pikanten Zielraumphoto festzuhalten.

Der Oberst war unter den Bäumen verschwunden. War es ein Zufall, daß er unmittelbar nach der Fonti-Affäre mit den nächtlichen Gängen begonnen hatte? Zufall oder nicht, seither verließ er stets um dieselbe Zeit das Haus – er verfolgte im Park sein Geschäft. Ein Geschäft, das war das richtige Wort, denn sein Abschleichen geschah bald so pünktlich, so regelmäßig, fast buchhalterisch, daß sie nicht umhinkam, im Gartenhaus sein neues Fleischlager zu vermuten. Ausgerechnet im Gartenhaus! Nun, während des Sommers hatte sie seine nächtlichen Gänge toleriert, sie konnten seiner Gesundheit nicht schaden, aber nun war es Oktober geworden, die Temperaturen sanken, früher oder später, sie wußte es, mußte sie handeln.

Im Norden leuchtete die Neonschrift: MEIER-LABICHE hatte seinen Namen in den Himmel geschrieben, und sein riesiger Komplex, der sich tagsüber im Dunst, den die Schlote produzierten, verhüllte, wurde groß in der Nacht und leuchtend kalt. Als würde eine Maschine aus Eisen und Glas zeitlupenhaft langsam explodieren, wuchsen Kamine, wellten sich Dächer, glommen Werkhallen auf, Fensterreihen und kreidig weiße, von hohen Strahlern beschienene Betonflächen. Früher hatte Meier-Labiche zu den Gästen gehört, die man zum jour fixe und an den hohen Festtagen in der *Laetitia* empfing.

Sie stand wieder am Geländer, das vom Rost überkrustet war, und blickte hinab in die Finsternis. Um das Gartenhaus herum begann sich die Schwärze zu teilen – aus der tieferen Dunkelheit trat da ein Ast hervor, dort eine Rinde, und ein fahler Reifen verriet die rundumlaufende Traufe der Zinnkuppel. Offensichtlich hatte der Oberst im Innern ein Licht angezündet, eine Taschen- oder Petroleumlampe. Über ihre Wangen rannen Tränen. Das Gartenhaus war ihr Allerheiligstes, die Erinnerung an ihre glücklichste Zeit.

Er war selber schuld. Er mußte wissen, was er tat. Sie ertrug es nicht, daß das Gartenhaus in eine Art Kühlkammer für seine Fleischvorräte verwandelt wurde. Morgen, schwor sich Lucienne, morgen würde sie handeln.

Als sie aus der Narkose erwachte, waren ihre Töchter mit Blumensträußen um das Bett gruppiert, sonderbar stumm, reglos, ein Wachsfigurenkabinett. Jemand hielt ihre Hand, jemand sagte traurig und leise: Sie stirbt.

Tief in der Nacht fuhr sie auf. Am Bett saß der Oberst, und der Satz, den sie jetzt sagte, wurde später in der Familie berühmt: »Du riechst nach Würsten«, sagte Lucienne.

Am andern Tag nahm der Kasak die Nottaufe vor. Lucienne genas wider Erwarten rasch, aber sie blieb im Spital und saß nun, als Schwester gekleidet, lange, bange Wochen lang vor dem Brutkasten. Da drin rang es um sein Leben – ein verklebtes, an Plastikschläuche montiertes Bündel Fleisch und Blut. »Sei klug«, sagte seine Mutter, »und geh.«

»Er ist mein Sohn«, sagte der Oberst, »er wird den Tod überhauen.«

Er behielt recht. Nach einem halben Jahr wurde das Kind aus seinem Glasschrein gehoben und in die *Laetitia* gebracht. Lucienne hatte die Beflaggung sämtlicher Masten befohlen, Girlandenschmuck auf allen Decks, Galauniform für Offiziere und Mannschaft – und der Sohn im Arm seiner Mutter schrie auf. Er schrie so laut und so heftig, daß er an seinem Schrei zu ersticken, daß sein kleines Herz zu zerspringen drohte. Seine Mutter fühlte es: Er schrie nach dem Engel. Da stieg sie mit dem Kind in den Estrich hinauf, legte es auf eine alte Matratze, nahm ihre seit Jahren nicht mehr getragene Schwesterntracht aus der Truhe, zog sie an und setzte sich das Häubchen ins Haar. Als sie wieder aus dem Haus trat, waren die Herren perplex. Sie standen immer noch auf dem Vorplatz, und Gerber, die ehemalige Ordonnanz des Obersten, der seit der z.-V.-Stellung den Park der *Laetitia* besorgte, schien seine Herrin im ersten Augenblick nicht zu erkennen. Nun öffnete sich ihr eine Gasse, links die Töchter, rechts der Stab, und im Kies krachten ihre Schritte so laut, als ginge sie über Popcorn. Aber der Sohn in ihren Armen war ruhig geworden, unter Krankenschwestern fühlte er sich geborgen, seine Welt war die Stille, das weiße Spital. Sie trug ihn ins Gartenhaus. Sein Inneres war hell, in der Kuppel ein verblaßtes Gemälde, weiße Gartenmöbel, weiße Fensterrahmen, und die Sonne, die glitzernd durch die Parkbäume brach und um die Mittagszeit durch ein Guckloch im Zenit des Gewölbes hereinsickerte, mußte ihn an das Licht erinnert haben, das er hinter den Scheiben seines Brutkastens gesehen hatte. Als es zu herbsten begann, montierte Gerber einen Elektroofen, er verfugte die Ritzen und polsterte den Bretterboden mit Teppichen aus. Lucienne trug ihre

Schwesterntracht und lebte zwei volle Jahre lang mit ihrem Sohn im Gartenhaus, Tag und Nacht – der Oberst hatte ihr sein Feldbett zur Verfügung gestellt.

Lucienne befahl ihre Töchter in lockerer Anordnung in die Fauteuils, du nimmst ein Buch zur Hand, du die Stickerei, dir empfehle ich einen Blick zum Fenster, aber nicht zu melancholisch, nur das nicht, ihr zwei spielt Schach, Zizi setzt sich ans Klavier, ach ja, und die Kleine setzt sich zum Vierhändigspielen dazu. Sind wir bereit?

»A l'attaque, mes belles, les officiers arrivent!«

Schacht führte sie an. Ihre rotgummigen Gladiolensträuße, die für Lucienne bestimmt waren, trugen sie wie Fackeln durch den Park, Stimmen, Gelächter, und schon bald roch es auf allen Decks nach Rasierwasser, Stiefelwichse und Zigarrenrauch. Man aß, man trank, man sang, und kurz vor Mitternacht schlängelte sich eine Polonaise durch den Park. Il Capitano und seine Gattin standen auf der Brücke, also an der Terrassenbrüstung, er das Glas in der Rechten, sie ein Winken andeutend – die *Laetitia* dampfte in Festilluminierung durch die Sommernacht. Dann zog sich der Kapitän zurück, es wurde still, hie und da rief ein Wasservogel, an der Ufermauer schnalzten Wellen, und so leid es ihr tat, so ungern sie störte – Lucienne mußte sich auf die Suche machen, der Bub war verschwunden. Ein

Paar, eng umschlungen, im Gartenhaus, eines in der Waschküche, eines unter den Bäumen, eines am Steg, hinterm Haus, in der Schiffhütte, und Zizi, die Älteste, saß mit Schacht im Herrenzimmer, von der Frage bewegt, ob man im Gebirgskrieg auf das Maultier, das ja gänzlich unabhängig von Wetter und Treibstoff sei, verzichten könne. Schacht plädierte vehement für den Helikopter.

Erst im Morgengrauen nahmen sie Abschied. Kameraden, rief Schacht, Abbruch der Übung, Rückzug und Abmarsch – Zielrichtung Kaserne!

Dann stand das übernächtigte, in Frisur und Kleidung leicht derangierte Ballett ihrer Töchter auf dem Kiesplatz, den östlichen Himmel bezog eine lachsfarbene Helle, und auf dem Küchentisch, zwischen geleerten Flaschen, lag der Kopf des Gefreiten Gerber, er schlief. Er konnte die Herren nicht riechen. Gigolos, pflegte er zu sagen, Dreiviertelverrückte.

In seinen letzten Monaten sah Gerber aus, als sei er aus Haut und Knochen zusammengeküfert. Er trank nicht mehr, er soff. Sein Krebs, sagte er, müsse schwimmen. Nur noch selten ritzte er seine Zeichen und Herzen in den Küchentisch, meist sah er hinaus in den Park, auf den See. Gerber war der erste, der von Bord ging. Seine Kräfte nahmen ab, seine Trunksucht nahm zu, und vor seinen Augen begann sein Gartenwerk zu zerfallen. Die Büsche verholzten, aus den Rabatten sproß Strandhafer auf, und an manchen Nebelmorgen, da in den Kronen schon die Vögel schrien und von den Blättern die Nässe der Nacht in schweren Tropfen herabklatschte, schien es die *Laetitia,* diesen alten, schwerfälligen Dampfer, an die urwaldumsäumte Bucht einer fiebrig verseuchten Tropeninsel verschlagen zu haben. Aber noch immer schnetzelte das Anni Gemüse, hantierte an den Töpfen, walzte Teig aus. Er sei nicht krank, sagte sie, er sei ein Faulhund. Der Gefreite nickte. Ja, sagte er, so sei es.

In der Tür stand Lucienne. Den Tee auf das Zimmer, befahl sie, ihr Sohn fühle sich heute nicht wohl.

Eines Morgens hörte sie eine Gärtnerrede, die sie nie mehr vergaß. Der Gärtnerberuf, so sprach der alte Mann vor sich hin, sei ein Bückberuf. Aber der Gärtner, anders als die schäbigen Servierkellner, beuge sich niemals vor den Menschen, nein, er verneige sich vor den Restbeständen des Paradieses. Denn jede Gartenanlage sei das Bemühen um die Wiederherstellung des ersten Gartens, Eden genannt, und dorthin, nicht etwa in eine leere Ewigkeit, kehre der Mensch zurück. Folglich bitte er darum, sein Grab anständig zu bepflanzen. Lucienne und das Anni lachten. Wenige Tage danach lag der ausgezehrte Körper vor dem Herd, die Finger in den Boden gekrallt – Gerber hing in einer Steilwand. Das Dienstmädchen ließ ihn liegen, es floh. Wohin sie damals gegangen ist, hat man nie erfahren, aber ein gutes Jahr später kam ein Prospekt ins Haus – er pries eine Fußsalbe, die ein gewisser Gaston Kalbermatten gemixt hatte, und wies eine Madame Anni Kalbermatten als Schweizerische Generalvertretung aus, telephonische Bestellungen möglich. Pas de style, fanden ihre Töchter. Sie waren immer noch ledig.

Die beste Partie machte Zizi. Leutnant Schacht, ursprünglich Student der Theologie, war rasch und erfolgreich durch die Offiziersschulen und Sonderkurse marschiert, eine taktische Begabung, auch im Feld i. O., er avancierte rasanter als andere. Nach der Vermählung mit der Obristentochter, in der Uniform eines Oberleutnants, absolvierte er den Generalstabskurs, und schon bald wurde in den oberen Rängen der neunten Gebirgsdivision die Nachricht herumgereicht, Elvira Fonti habe in Schacht den künftigen Divisionär erkannt. Man war glücklich. Schacht erhielt sein Kompaniekommando, wurde zum Hauptmann ernannt, und Zizi war schwanger geworden. Grande fiesta, befahl il Capitano, und noch einmal, zum letzten Mal, stach die *Laetitia* jubelnd und leuchtend in die Nachtsee hinaus. Tänzer auf der Brücke, Verlobte im Park, und der Kapitän und seine Gattin inmitten des genußforschen Trubels in still zufriedener Champagnerseligkeit. Wenige Tage danach hielt der Stabsarzt schwarze Röntgenbilder gegen die hohen Fenster des Herrenzimmers. Lucienne verstand von den medizinischen Erläuterungen nur wenig, aber auf den schwarzen Plastikfolien sah sie klar und deutlich ein Skelett, von den Strahlen der Nachmittagssonne erhellt. Der Oberst warf sich in den Sessel, stützte die Ellbogen auf die Knie und den Kopf in die Hände.

»Er ist mein Sohn«, hauchte er.

Ob Unglück ansteckend ist? Der Sohn lag im Sterben, von Zizis Schwangerschaft war nie mehr die Rede, und Hauptmann Schacht quittierte Knall auf Fall das Instruktionskorps. Grundlos, wie es hieß. Jedenfalls tropfte jenes Latrinengerücht, das zwischen Schacht und einem Feldweibel eine körperliche Kameraderie behaupten wollte, an der aktenkundigen Tadellosigkeit des Hauptmanns beinah spurenlos ab, der besagte Feldweibel, obwohl blond und muskeltrainiert, war ein braver Familienvater, und sogar Zizi fand, ihr Gatte käme für dergleichen kaum in Frage. Trotzdem hielt es Schacht für schicklich, sich von Beerdigung und Trauermahl fernzuhalten. Der Entschluß dürfte ihm allerdings schwergefallen sein – er mochte den Verstorbenen, und vielleicht hat er ihn sogar geliebt. Jedenfalls hatten Schacht und der Sohn des Hauses zahllose Stunden miteinander verbracht, arbeitend, wie sie sagten, unermüdlich planend und bauend. So war im Gartenhaus ein veritables Kunstwerk entstanden, allerdings ist es Fragment geblieben, der Tod hat seine Vollendung verhindert, und Schacht, genau wie seine Schwiegermutter, dürfte das Gartenhaus nie mehr betreten haben.

Ein ferner Turm schlug Mitternacht. Unten im Park ging der Oberst mit schlurfenden Schritten auf die *Laetitia* zu. Lucienne wartete, bis er seine Zimmertür geschlossen hatte, dann stieg sie durch die Luke vom Dach, und lange betrachtete sie im Estrich den Lichtschalter, einen wulstigen Knopf aus schwarzem Emaille. Sie zögerte, den Schalter zu berühren und das Licht endlich auszuknipsen. Warum ist das Leben so schrecklich, Liebster?

Lucienne war entschlossen, die Katze zu vergiften.

V

Vor vielen Jahren war ein junger Vietnamese nach Paris gereist. Noch am Tag seiner Ankunft begab er sich in die Bibliothèque nationale und erklärte in einer höflichen, auf der langen Seefahrt vorbereiteten Rede, man habe ihm das Denken des Abendlandes als eine geistige Kathedrale geschildert. Er, der ungebildete Asiate, stünde fremd, jedoch neugierig vor dem Gebäude und verspüre den tiefen Wunsch in sich, dessen Baumeister kennenzulernen. Der Bibliothekar empfahl die Metaphysik des Aristoteles. Der junge Mann lernte sie auswendig, kehrte in den Dschungel zurück und warf die französische Kolonialarmee aus seinem Land.

Der junge Mann war Giap, der Oberkommandierende des Vietcong. Nach dem Sieg über die Franzosen wurde die US-Armee, die stärkste Streitmacht der Welt, sein Gegner. Im Norden, wo Giap seit Jahren operierte, war er nicht zu schlagen. Sein Auftrag lautete jedoch, in den Süden vorzustoßen und die Amerikaner zum Abzug zu zwingen. Wieder ging er auf seine Weise an die Arbeit. Zuerst studierte er den Gegner, dessen Denken und Fühlen. Dabei wurde ihm klar, daß man im Saigoner Hauptquartier sein Vorrücken erwartete, ja sogar, indem man die eigenen Truppen zurückhielt, zu fördern versuchte. Die Amerikaner wollten den Fuchs aus seiner Höhle locken, um ihn fernab von der nördlichen Operationsbasis aus der Luft zu vernichten.

Der Oberst rollte den Fleischbrocken in nasse Laubblätter ein, die er hinter dem Nachbargrab gefunden hatte. Er war müde, aber glücklich, bis zum Morgengrauen hatte er den Vormarsch des General Giap in alten Nummern der Schweizer Armee-Zeitung studiert, nach seiner Methode ging er vor.

Giap rechnete damit, daß die Amerikaner, sobald er sich in Marsch setzte, die Regenwälder und Reisfelder entlang der Vormarschroute wegfackeln würden – sie verseuchten die Gegend, sie wollten den Vietcong am Hunger krepieren lassen. Aber Giap war schlau, schlauer als sie dachten. Alles sprach gegen ihn: Seine Truppe war kriegsmüde, und der Gegner beherrschte den Luftraum; abgeschnitten von Nachschub und Versorgung, so glaubten die Amis, würden Giaps Divisionen auf halbem Weg erlahmen und könnten dann, teils aus der Luft, teils zu Lande, aufgerieben werden.

Der Oberst stopfte die blattumwickelten Fleischstücke in die knapp faustgroßen Löcher hinein, legte eine Cellophanfolie darüber und deckte das Nachschublager mit Erde wieder zu. Ein Gefühl von Glück hatte ihn erfaßt. »Kommst du voran, Liebes?« rief er seiner Gattin zu.

Er fühlte sich als Sieger. Der schlaue Giap, um seine langwierigen Vorarbeiten zu treffen, hatte die Amis Monate lang hingehalten und mit Scheingefechten genarrt. Also bat er jetzt um die Packung mit dem Schneckengift, sie wurde ihm um den Felsen herum zugereicht, er streute ein paar Körner aus, las sie wieder zusammen und steckte sie in die Schachtel zurück. »Ach, diese Schnecken«, rief er, »eine richtige Plage!«

Sie zögerte immer noch. Sie goß ihr Gift nicht aus. Fürchtete Lucienne, er könnte auch heute, wie gestern, da er das Mittel entdeckt hatte, zu toben anfangen? Heute war ein Wutanfall nicht mehr nötig, heute war er gewappnet. Respekt, Genosse General. Er kannte die Waffen des Gegners, Gifte und Napalm, und er wußte jetzt, daß auch der Soldat ein Tier ist, ja, ein Tier. Genial, dachte der Oberst, ein genialer Stratege, dieser Giap. Es war ihm gelungen, entlang der Vormarschlinie Erdlager im Sumpf- und Waldboden anzulegen, und die Amis hatten nichts von Giaps Bewegungen bemerkt, nicht das Geringste! Denn Giap ließ die Arbeit nur in der Nacht und zum größten Teil von der Zivilbevölkerung ausführen, er ließ sich Zeit, er baute ein Lager nach dem andern, und erst, als die Nachschubkette geschlossen war, gab er den Befehl zum langen Marsch, Zielrichtung Saigon. Beim Oberkommando der Amerikaner floß der Champagner – Giap kroch aus seiner Höhle. Soll er kommen, lachten sie.

Und er kam, der kleine, verschlagene Giap. Und die Regenwälder brannten, die Reisfelder verdarben, und alles Wasser wurde giftig über Nacht. Seine Niederlage war eine Frage der Zeit, das Land war zerstört, die Verbindung nach hinten gekappt, Tag und Nacht fielen die Bomben, es brannte die Welt. Und Giaps Divisionen marschierten. Nicht um zu siegen – sie marschierten, um zu fressen. Sie fraßen sich von Erdlager zu Erdlager, fraßen sich den eigenen Rückzug weg, und die nächste Ration, die immer vor ihnen lag, eingebuddelt in der Sumpferde des Dschungels, unerreichbar für Flammen und Gifte, lockte sie schnell und immer schneller nach Süden. Die feindlichen Stellungen wurden von ihnen überrannt, aber das war keine Mordgier, das war kein Wille zum Sieg, kein Sturmlauf in den Tod, kein Kreuzzug gegen die westliche Welt: Es war der Hunger, der sie trieb, der Durst; an ihre Futterstellen wollten sie kommen, Wasser wollten sie trinken, Reis wollten sie essen, leben wollten sie, nur saufen und fressen und leben. So eroberte General Giap mit einer kriegsmüden Armee den Süden Vietnams. Die Amis flohen in Panik, ihr gesamtes Material blieb liegen, mit Helikoptern mußten sie ihre Leute von den Dächern pflücken – so rasch kam Giap, so rasant drang er ein in die Stadt. Der Oberst stand auf, zog den Flachmann aus der Tasche, gönnte sich noch einen kräftigen, letzten Schluck. Man unterschätzt uns nicht ungestraft, sagte er sich, grinste in den blauen Abend hinaus und bot seiner Gattin den Arm.

»Brauchst du das Gift, um den Stein zu reinigen?« fragte er.

»Gehen wir«, sagte Lucienne.

Am Ostertor wurden sie von Zizi erwartet.

»Gut siehst du aus«, sagte seine Gattin zur Tochter, »wunderwunderschön!«

In der Nacht schlug er sich durch den Regenwald, Regenzeit, glanznasse Fleischblätter, triefende Stämme, und der Boden ein Sumpf, Matsch, Schlamm, so daß der Oberst, unterwegs zu einem Gefechtsstand, kaum noch vorwärts kam, ein gurgelndes Gestapfe, ein Treten an Ort, und wie eine schwankende Dschungelbrücke war die Verwesung hoch ins Leere gehängt, ein klatschnasser, butterweicher, schluchtenüberspannender Verwesungsteppich, er sank ein, fiel hin, lag nun im Bett, wach lag er im Bett, naß vom Schweiß, erschöpft vom Traum, aber seltsam – es regnete immer noch. Täuschte er sich?

Der Regen hielt an.

Der Oberst, der nur selten geträumt hatte, erfuhr nun, daß seine Nachtwelten wirklicher waren, greller und größer als die Tage, die sich glichen. Gegen zehn Uhr brachte ihm Lucienne eine Kanne Tee, mittags stand er auf, nachmittags gingen sie zum Friedhof, die Tochter holte sie ab. Am Donnerstag nachmittag, Schlag drei Uhr, erschien der Kasak. Lucienne zeigte sich erfreut; der Oberst hatte den Feldpater bestellt.

»Hier ist das Buch«, sagte er.

»Oh, Sie haben uns etwas mitgebracht, lieber Hauptmann?« fragte Lucienne.

Es war die Metaphysik des Aristoteles.

An Arbeit war nicht mehr zu denken. Meist stand er stumm neben seiner Frau und hielt den Schirm – es goß aus allen Himmeln. Trotzdem erfüllte der Oberst seine Pflicht. Es fiel ihm sonderbar leicht, fast war es ein Wunder, denn Abend für Abend entfernte sich die Frau nach einer kurzen Gedenkminute vom Grab und ließ ihn allein. Jedesmal ein anderer Grund: Einmal wollte sie eine Majorswitwe gesehen haben, einmal mußte sie einen Gärtner sprechen, und zwei- oder dreimal ertönte die Toyotahupe früher als üblich. Ihm war es recht so. Geschwind schlüpfte er hinter den Grabstein und vergrub die tägliche Ration. Sie hatte in etwa die Größe eines Apfels und war in Laubblätter und Cellophanfolien eingerollt. Da es gefährlich gewesen wäre, die umständliche Präparierung am Grab vorzunehmen, wurde der Apfel im Gartenhaus, wo er sein Basislager hatte, bereits am Vorabend gerollt und in seiner Joppentasche unter dem Nastuch verborgen.

Der Regen hielt an.

Eines Nachmittags kramte Lucienne zwei gelbe Segeljacken hervor, holte im Keller zwei Paar Stiefel, und der Oberst bedankte sich lächelnd. »Tenue Regen erstellen«, befahl er, »Abmarsch zur gewohnten Zeit!«

Auf dem Friedhof waren sie allein. Die Gärtner hockten in der Abdankungskapelle, klopften einen Jaß, tranken Schnaps, fluchten und lachten. Die Kerzen erloschen, nur noch in den Laternen zuckten fransige Flämmchen, die Blumensträuße stiegen aus den randvollen Vasen, und der Abfallcontainer wurde ein faulig riechender Teich; da trieben riesige Seerosen, die abgeblühten Kränze. Indes war der schmale Streifen zwischen der Rückseite des Grabes und der Friedhofsmauer sumpfig geworden, fast flüssig, und der Oberst fragte sich, ob seine Katze, die auf ein sauberes Fell achtete, in diesen Dreck hineinkroch, um das Paket hervorzuscharren. Darüber sann er lange nach. Den Apfel steckte er dennoch in den Boden. Meine Herren, hatte Zollikofer vor Jahrzehnten seine Generalstäbler gelehrt, je schlimmer das Wetter, desto größer die Möglichkeit, den herrschenden Bedingungen einen Vorteil abzutrotzen. Ein wahres Wort. Auch Giap hatte die Regenzeit genutzt, und der Oberst nahm mit einer Heiterkeit, die Grimassen in sein Gesicht zu ziehen drohte, die besorgten Blicke seiner Frau zur Kenntnis. Die Ärmste mußte warten. Ja, Lucienne erging es nicht anders als General Westmoreland, Giaps Gegenspieler. Dessen Maschinen waren während der Regenzeit am Boden geblieben, und die grüne Giftflasche stand in der Küche auf dem Tisch, bei diesem Wetter kam ihr Einsatz nicht in Frage. Folglich hätte sich die Verpackung des Futters in Blätter und Folien erübrigt, gewiß, aber der Oberst tat das Gegenteil. Er nutzte die Regenzeit aus, um seine Katze an die veränderte Lage zu gewöhnen. Denn soviel stand fest: Die Verseuchung würde sie erschrecken, verstören, Chemokrieg, Giftangriff, verdammt wichtig, dachte er, wenn sie am X-Day nur mit den veränderten Bodenverhältnissen zu kämpfen und das Hervorzerren des Futters aus der Verschalung bereits erlernt hatte. Sie lernte es rasch. Sie schien keine Mühe zu haben, den Apfel im Schlamm zu finden und wie bisher an ihre Verpflegung heranzukommen. Der Oberst war stolz auf sich. Er bewies sich in diesen regengrauen Tagen vor Allerseelen, daß er nicht verkalkt war, nicht eingerostet, sondern lernfähig, denkwendig wie Giap, klug wie die Katze. Ohne mit der Wimper zu zucken, hatte er eine militärische Ideologie, an die er seit der Landung der Alliierten an der Normandieküste geglaubt hatte, in die Luft gejagt. Den Gedanken, die Flasche verschwinden zu lassen oder ihren Inhalt mit einer ungiftigen Flüssigkeit zu ersetzen, verwarf der Oberst.

Anhaltender Regen. Die Träume stark, der Nachtschlaf schlecht, aber das Glücksgefühl ließ ihn nicht mehr los. Vier Tage vor Allerseelen geriet er mit einer mechanisierten Division in die russischen Sümpfe, schnalzend und rasselnd hatten sich die Panzerketten festgefahren, sie staken fest, sie soffen ab. Ende Feuer, sagte Gerber.

Er hockte unter dem tropfenden Strohdach einer Hütte und sah hinaus in die unendliche Weite Rußlands. Über dem Horizont schwamm eine schwefelgelbe Qualle, die Sonne, und nach Einbruch der Dämmerung begann es zu schneien.

Meine Herren, das ist der russische Winter!

Zollikofer hatte es geschafft, sogar hier draußen, irgendwo im Donezbecken, Kreide und Schiefertafel aufzutreiben. Geschwind, doch ganz nach Art der Kinder, schüttelte er einen Schneemann aus dem Ärmel, schrieb das Wort Iwan darunter, zweimal unterstrichen, Ausrufungszeichen, dann soff er ab, lautlos, kerzengerade, eingesogen von der russischen Erde.

Der Oberst weinte. Er war überzeugt, Zollikofer zum letzten Mal gesehen zu haben. Als er erwachte, war es still. Nur noch von der Dachtraufe lösten sich Tropfen ab, glitzernd in der dünnen Morgensonne. Gut möglich, überlegte er, daß er sich das puffende Absaufen seines Panzermotors selber vorgehustet hatte. Er schlug die Decke zurück und stieg aus dem Bett. Seine Beine hatten eine fleischkäsige Haut, die Muskeln waren erschlafft.

»Heute nacht waren wir in Rußland«, sagte er, »Zollikofer war auch dabei, ihn hats erwischt.«

»Soso«, machte Lucienne, »soso.«

Das sei aber interessant, fügte sie noch hinzu, die Lippen über den hauchdünnen Rand der Porzellantasse stülpend, und ihre Pupillen zuckten hin und her, vom Obersten zum Fenster, vom Fenster zur Uhr, von der Uhr zum Tisch.

»Im Traum«, sagte der Oberst.

»Natürlich im Traum«, sagte Lucienne.

Lucienne zog sich Plastikhandschuhe bis zum Ellbogen hinauf – es ging los, X-Day, der Ernstfall war da. Ihn stachs in der Nase, seine Augen brannten, die Kopfhaut überkroch ein Kribbeln. Die beizt ja den Stein weg, dachte er, o ja! rief die flaschenschwingende Lucienne, großartig, das Mittel sei großartig!, und ein ums andere Mal umtanzte sie den fauchenden und zischenden Granit. Der Oberst erbrach sich. In seinem Rücken rannten die Totengräber wie die Irren in Deckung, alle Gärtner wurden blau im Gesicht, die Hände gegen die Schläfen gepreßt, aufgerissene Münder, deren Zähne hervorwuchsen – so gingen sie in die Knie, klappten weg, zuckende Leiber, sie jedoch, seine Frau, trug plötzlich eine Gasmaske, trompetete ein Lachen durch den Rüssel, und lachend schüttelte sie den letzten Tropfen aus der Flasche, immer noch tanzend, den Grabstein umtanzend, den die ätzende Flüssigkeit mit einer hauchzittrigen Haube versah, so fein und durchsichtig, daß sie alle Farben dieser Welt gleichzeitig aufscheinen und zerplatzen ließ. Er stand reglos, wie gebannt, bemühte sich vergeblich, die geruchlose Trockenheit aus seinem Rachen herauszuwürgen, auch sein Gesicht, wie das der Gärtner, wurde jetzt blau, violett, fast schwarz, und sein Mund öffnete sich zu einem Schrei. Schrie er wirklich? Oder war der Feuersturm, der prasselnd durch die Trauerweiden fuhr, lauter als die Explosion in seiner Brust? Er sah noch, wie hoch oben die Bomber sich entfernten, wie die Bäume erloschen, dann wurde es still, es wurde grau, und der erste Schnee des Winters sank leicht wie ein Aschenregen herab. »Du hier?« fragte er.

Lucienne tupfte mit einem Tuch seine Stirn ab. Sie saß an seinem Bett, und seine Hand ließ sie bis zum Morgen nicht mehr los.

Am Mittag ging der Oberst in die Küche. Er wollte sich bei seiner Frau bedanken, er betrachtete den Tisch, die Herzen und die Zeichen, die Gerber eingekratzt hatte, und es dauerte lange, sonderbar lange, bis ihm auffiel, daß die Giftflasche verschwunden war. Lucienne stand am Herd. Wo die Giftflasche sei? wiederholte sie seine Frage.

Er nickte.

»Ach weißt du«, sagte Lucienne, »ich hab es mir anders überlegt, überlassen wir den Stein der Verwitterung.«

»Und dein Giftangriff?«

Sie lächelte. »Wie du redest«, sagte sie.

Langes Schweigen, aber das hatte nichts zu bedeuten, das war die Angst vor der Stille, die mit der Krankheit des Sohnes in diesen Räumen eingezogen war und ihre Herzen und Münder verschlossen hatte.

Das Gift habe sie weggeschüttet, sagte Lucienne, nahm den Teekrug und ging hinaus.

VI

Allerseelen, der so lang ersehnte Grab-, Gedenk- und Familientag war endlich da und hatte präzis wie eine Stabsübung begonnen: Begrüßung der Töchter und Schwiegersöhne vor der Kirche, gemeinsamer Besuch der Totenmesse, der Hauptmann am Altar. Anschließend stummer Gang zum Grab, Gebet und Gedenken. Im Morgennebel schwammige Lichter, die Grabgänger graue Schatten, da eine Witwe, dort ein Grüpplein, irgendwo eine Krähe. Dann, kurz vor dem Abmarsch, die Panne, Erstarrung, Entsetzen. Warum schreit sie nicht auf? Gebückt steht er da, grinsend, zittrig, alt. Fällt sie in Ohnmacht? Nein, keine Reaktion, Lucienne bewahrt Haltung. Bückt sich zum Weihwasserbecken, greift zum Zweig, streut ein Kreuz. So gibt sie das Signal zum Aufbruch, eine Tochter nach der andern tritt vor, wischt mit dem Zweig durchs Wasser, gibt ihn weiter an die nächste, nun folgen die Männer, lächelnd, sich zunickend, im letzten Jahr hat man das Ritual erlernt, das man künftig wiederholen wird, immer an diesem Tag, um es dann weiterzugeben an die Kinder, die ihrerseits alt werden, zittrig wie er, buchstabengetreu, sagt der Dichter, sei die Zeit und allbarmherzig. »Gehen wir?«

»Gehen wir.«

Schacht, von seiner Gattin zum Motoff ernannt, verteilt die Familie auf die vorhandenen Fahrzeuge. Währenddessen das kurze Geplänkel mit dem Kasak, ein Gichtanfall, stöhnt der alte Knabe, die Hand in die Seite gestützt, will offensichtlich ausbüchsen, Zizi jedoch, ganz die künftige Herrin, hakt ihn unter, bugsiert ihn auf den Rücksitz des Toyota, wirft sich ans Steuer, setzt sich an die Konvoispitze, gibt das Tempo vor, wählt den Seeweg, am Quai kein Mensch, die blattlosen Bäume, abstreichende Möwen, und im Nebel, der draußen noch dichter ist, fließt eine cremige Helle. Der Oberst sagt nichts mehr, er hat aufgegeben. Als letzter besteigt er die *Laetitia,* sie hat schon abgelegt, und der Trauer- und Totentag erfüllt alle Decks mit Leben, das wie in alten Zeiten nach Kaffee riecht, nach Zigarrenrauch und Weiberparfüm. In der Kombüse Eiergebrutzel und Wassergebrodel, im Eßzimmer die ersten Lachsalven des Kasak, abgeschossen zur Decke, die Töchter und Schwiegersöhne fallen ein, kurzer Applaus. Café complet nennt sich das, aber eigentlich, sagt sich der Oberst, enthält das Wort eine Lüge, das von allen akzeptierte Verschweigen der Tatsache, daß man Zizis wegen, die kinderlos ist, die Enkelschar, also die Brut der übrigen Töchter, von den Familientreffen ausschließen muß. Sie erträgt keine Kinder. Sie sagt: Ich liebe Kinder, Gott, wie ich Kinder liebe, drückt im selben Moment die Handballen gegen die Schläfen, kneift die Augen zu Schlitzen, Migräneanfall, nichts zu machen, Schacht, ihr Gatte, muß sie zum Toyota schleppen, anschließend, wie Schacht noch meldet, ein stundenlanges Erbrechen, ja, wetterbedingt, nichts von Bedeutung.

Der Oberst durchstöbert die in der Garderobe hängenden Mäntel, greift geschwind in die Taschen, irgend jemand, hofft er, wird seine Zigaretten im Mantel vergessen haben, der Arzt hat ihm das Rauchen verboten, da ist sie strikt, die Karbolmaus, da kennt sie kein Pardon. Er freut sich, fündig geworden.

Und wie erklärt man die Sache? Nicht mit Zizi, o nein. Dem alten Herrn, wird sie seinen Schwiegersöhnen erklärt haben, kann man das Toben der Jungmannschaft nicht mehr zumuten, ihr Wunsch ist ihnen Befehl, seine Nachkommen sieht er nur noch selten, aber es kümmert ihn nicht, fremd sind sie ihm, keiner trägt seinen Namen, er ist der Letzte, der Überleber seines Sohnes, il Capitano, mit ihm wird das Geschlecht erlöschen, ein langweiliges, dumpfes Verdämmern, ein Untergang, doch ohne Großartigkeit, was bleibt, schreibt ein Meißel, ein Name, ein paar Zahlen, sein Rang und das Regiment.

Er sitzt auf dem gobelinbestickten Hocker in der

Eingangshalle und saugt an einer Zigarette. Der Lärm des Lebens erwärmt ihn. Auf seiner Stirn ein öliger Schweißfilm, aber das kommt von der Aufregung, verdammt nochmal, sagt sich der Oberst, heute morgen hat es uns erwischt, Torpedotreffer mittschiffs, keine Hoffnung mehr, der Kahn säuft ab.

»Hallo, Papa!«

Gundi schwebt vorüber, die anthroposophisch Angewehte, schwarze Kniestrümpfe, ein dunkler Faltenrock, das Haar zu einem Zopfkranz geflochten, er lächelt, hat sich sofort im Griff, und natürlich gelingt es ihm, die Zigarette in der gehöhlten Hand vor seiner Tochter zu verbergen.

»Wie gehts immer, wie stehts?«

Das hat er seinerzeit die in Reih und Glied angetretenen Gebirgsfüsiliere gefragt, mit den Augen den Sitz der Uniform kontrollierend, Kragen, Knöpfe, Gurt, und ist die Rasur nicht perfekt, ein zweiter Blick auf die Fingernägel, eventuell auf die Zähne, dann weiß er Bescheid, auf Anhieb, der Gewehrlauf, sagt er, läßt zu wünschen übrig, der Mann starrt ihn an, wie kann der Alte das wissen, getäuscht hat er sich nie, ein fauler Zahn oder ein Schmutzrest unter dem Daumennagel, das verweist auf Rost- oder Schmauchspuren im Lauf, so verrät sich ein jeder, Urlaub gesperrt, zum nächsten, wie gehts immer, wie stehts, aber Gundi, ohne sich umzuwenden, ist in der Toilette verschwunden, die Tür schließt sie ab.

Mag ja sein, denkt er, daß man mit der Zeit ein

bißchen schrullig wird. Aber lag das nicht am Leben? Da hatte er Kopf und Kragen für eine Katze riskiert, und durfte sie niemals berühren, nicht ein einziges Mal. Er sehnte sich danach, gerade jetzt, in seiner Hand ihre Wärme zu fühlen, das zittrige Herzklopfen unter dem weichen Fell. Er hätte gern zu ihr geredet, Menschenworte, saß auf seinem Hocker, stieß den Rauch durch die Nase, besah seine Fingernägel, die natürlich sauber waren, und plötzlich wußte er, daß sie ihm antworten würde, ein dankbares Schnurren.

Hinter den Türen Gelächter.

Lächerlich, aber Tatsache, aber wahr – er wollte sie beschützen vor dem Tod, und heute, ausgerechnet heute, da die gesamte Familie am Grab versammelt war, mußte das Schreckliche geschehen, die Katastrophe. Am Fuß des Felsens, sichtbar für alle, hatten die Cellophan-Schnipsel gelegen, zerfetzt, von ihren Krallen und Zähnen zerfetzt.

Er hatte seiner Frau nicht getraut, hatte nach wie vor mit der Möglichkeit gerechnet, sie könnte ihren Giftangriff hinter seinem Rücken lancieren. Er wollte das Verhängnis verhindern: So war es herabgekommen auf sein Haupt. Auch gestern, am Abend vor Allerseelen, hatte er einen fein präparierten Apfel deponiert, eingerollt in Laub und Cellophan. Er schüttelte den Kopf, er grinste. Alle hatten die Schnipsel erblickt, alle wußten Bescheid – der trauernde Vater ging zum Grab, um eine Katze zu füttern. Eine Katze!

Draußen begann der Nebel sich zu lösen. Die Asche, die ihm zwischen die Stiefel gefallen war, blies er unter den Teppich. Im Herrenzimmer entkorkten sie den Champagner, Veuve cliquot, allerhöchste Zeit, rief der Kasak, den auf dem Büffet versammelten Witwen die Hälse zu brechen. Seine Schwiegersöhne bedachten das Bonmot mit Applaus.

Als erster erhob sich Schacht; er flog mit der Nachmittagsmaschine in die Staaten. Zwar hatte Gundi gemeldet, Papa sitze in der Halle, aber Schacht, bereits in Hut und Mantel, erschien noch einmal in der Runde und meinte lachend, il Capitano habe sich verzogen, Zielrichtung unbekannt. Schacht hinterließ Grüße und ging.

Nach und nach waren auch die andern gegangen. Es zog die Mütter zu ihren Kindern, und der Dienst rief die Männer zu ihren Einheiten, in die Zeughäuser und Kasernen. Jedes Paar versprach, baldmöglichst wieder aufzukreuzen, spätestens an Weihnachten, adieuhupend fuhren ihre Wagen aus dem Park.

Nun war es Mittag geworden. Zizi lag in Papas Sessel, der Kasak stand vor der Bücherwand, offensichtlich war auch er auf dem Sprung.

»Suchen Sie etwas Bestimmtes, lieber Hauptmann?«

»Nichts Philosophisches in den Beständen, nur Militaria«, meinte der Kasak, »es nimmt mich wunder, warum der alte Haudegen plötzlich auf Aristoteles verfällt.«

Da sprang Zizi auf. »Jetzt reichts mir aber!« zischte sie. »Gut, bitte, laß ihn doch! Soll er sich verstecken. Soll er sich wichtig machen. Mir doch egal! Mir ist überhaupt alles egal!« rief Zizi.

»On a du style, ma chère.«

»O ja«, sagte Zizi, »o ja!« schlüpfte geschwind in die flachen Schuhe, raffte Toyotaschlüssel, Zigaretten und ihre Handtasche zusammen und wünschte dem Kasak alles Gute. »Wie immer?«

»Nein«, sagte Lucienne, »heute bleiben wir hier.« Sie bot ihrer Tochter die Wangen, aber diese gab ihr den Kuß auf die Stirn. Wenig später schoß der Toyota aus dem Park. Auch für ihn, sagte der Kasak, schlage nun die Stunde.

»Ja«, sagte Lucienne und lächelte, »es ist mir eine tiefe Freude, wieder einmal wie früher zusammenzusitzen, en tout petit comité.«

Der Feldpater stieß einen leisen Seufzer aus, setzte sich gehorsam auf seinen Platz, und Lucienne füllte ihm das Glas wieder auf.

Die Babys der gesellschaftlichen Elite leben in Victorias Welt. Ihre Kissen: Victoria-Kissen, ihre Wannen: Victoria-Wannen, ihre Puppen, ihre Schnuller, ihr Schoppen: Victoria. Victorias Seidenhelmchen, in der Form vom Imker inspiriert, schützen die kleinen Glätzchen vor der Sonne, Victorias Lätzchen machen das Essen lustig, Victorias Strampelhosen bedecken die saugfrohen Victoriawindeln, Victorias Babystiefel fördern die Lauflust, und mit Victorias Kriechteich, der gegen das sogenannte Laufgitter lanciert worden war, hatte alles begonnen.

Noch vor dem Tod ihres Sohnes war Lucienne, die Unternehmerstochter, Schacht bei der Gründung seiner Firma mit Ratschlägen und Grundkapital behilflich gewesen. Er liebte ihren Liebsten, der gute Schacht; auch er, sie hatte es wohl bemerkt, verlebte seine beste Zeit im Gartenhaus. Dafür wollte sie ihren Schwiegersohn belohnen, und Lucienne belohnte ihn gut. Hinter dem Rücken des Obersten wurde die *Laetitia* bis unters Dach mit Hypotheken belastet, und es zeigte sich bald, daß Schacht so erfolgreich und rasant ans Werk ging wie früher im Feld. Die strategische Erfahrung machte einen Unternehmer aus ihm, quasi auf Anhieb. Sein erstes Produkt, den sogenannten Kriechteich, verschenkte er an sämtliche Kinderspitäler des Landes, und schon gelang der Durchbruch – er gelang an allen Fronten zugleich. In einer TV-Sendung, live aus der Krebsstation der Kinderklinik Zürich, lagen die haarlosen Wesen glücklich in einem bis dato noch unbekannten frohbunten Rund, an der Genfer

Erfindermesse gewann der Teich einen Preis, das C. G. Jung-Institut erkannte in den Seerosen Mandalakuchen, die Psychagogin Antje Müller feierte den Triumph über die schwarze Pädagogik, und nachdem der als links berühmte, keiner Polemik abgeneigte Publizist Meienberg seine an Weihnachten geborenen Zwillinge in einen Kriechteich gebettet hatte – das Bild ging durch die Presse –, beeilten sich Zahnärzte, Rechtsanwälte und Instruktionsoffiziere, ihre Wohnlandschaften mit Victorias Frohformen babyfreundlich auszustatten. Die Erfolgsdevise: mein Bewußtsein für Marktbeschränkung. Beim dritten Lebensjahr, so Schacht in einem Bericht der Neuen Zürcher Zeitung, haben wir uns die absolute Grenze gesetzt, wir sind und bleiben Babykonfektionäre, Babyausstatter – mögen sich andere um die Spring- und Sprechstufe kümmern.

Die NZZ, wie Lucienne mit Freuden las, taxierte Schachts Beschränkung als weise. Zwar wurde der neue Eßlatz eher abwertend beschrieben – dem Kind, schrieb der zuständige Ressortleiter, würde eine Art Brustpanzer aus Plastik umgeschnallt –, im selben Abschnitt jedoch fand man für das neue Eßgestühl, den sogenannten Müsli-Astronauten, der gänzlich ohne Gurten und Schnallen auskomme, und für den bereits berühmten, nunmehr zum Exportschlager avancierenden Kriechteich zurückhaltend anerkennende Worte. Er selbst, flocht der Schreiber ein, habe mit dem Kriechteich die schönsten Erfahrungen gemacht; die dem Rundufer applizierten Pilz- oder Seerosengebilde hätten seinen Filius im Haptischen sichtbar gefördert. »Schön«, sagte Lucienne.

Selbstverständlich hatte es Zizi nicht für nötig gehalten, den Artikel für sie auszuschneiden. Sie hatte ihr nur die zerlesene Zeitung hingeworfen und nebenbei bemerkt, es stünde etwas drin über Schacht.

»Sehr schön«, wiederholte sie, glättete die sorgfältig herausgetrennte Seite und klebte sie in ihr Album ein. Neben dem Pültchen brannte die Ständerlampe, und irgendwo im Nachmittagsdunst, fern oder nah, das ewige Geräusch: Meier-Labiche. Der Kasak war vor zwei Stunden eingeschlafen. Sein Gottfried-Bennsches Dichterhaupt lag hintübergekippt auf der Sofalehne, der Mund stand offen, er schnarchte leise.

Sie hatte mit ihm zu reden versucht, der Kasak jedoch, bereits angestochen, war auf den Obersten und die Katze nicht eingegangen. Dem Land, hatte er nur gemeint, fehle offensichtlich die kollektive Leiderfahrung eines Krieges. So sei man als Volk zwar glücklich, aber eben nur als Volk, der einzelne leide kümmerlich vor sich hin, seinen Privaterlebnissen hilflos ausgesetzt.

Alles in allem, fand Lucienne, war der Gedenk- und Familientag gut über die Bühne gegangen, in Eintracht und Minne.

Der Oberst hockte in seiner Uniform auf der hölzernen Veranda, die das Gartenhaus eine Handbreit über dem Boden wie eine Karussellscheibe umlief. Durch die Bohlen brachen gilbende Büschel, das Holz war vermorscht – Planken eines gestrandeten Wracks. Vom Efeu hatten sich die Blätter gelöst, und die Ranken, die sich um die geschnitzten Säulen schnürten, sahen aus wie blutleere Adern. Der Oberst wußte, daß er sich unerlaubt von der Truppe entfernt hatte. Müßte mich, dachte er, um die Gäste kümmern. Von den Bäumen tropfte es, ein leises Plitschen, hie und da ein Möwenschrei, draußen auf dem See, und natürlich Meier-Labiche – sein Geräusch, sein gasiger Geruch. Aber der Oberst hatte sich an das Werk, das im Lauf der Jahre an die *Laetitia* herangekrochen war, gewöhnt. Er roch und hörte es nur dann, wenn sein Blick den Park verließ und über der nördlichen Ziegelmauer die Tag und Nacht erleuchteten Neonlettern erfaßte. Nun schwammen sie in den Abend hinein, der als orangefarbene Wolke über dem Werk verhockte.

Ob er Meier-Labiche um Hilfe bitten sollte? Beide waren sie von unten gekommen, beide waren sie nach oben gelangt: Meier-Labiche, der Industriekapitän, und er, il Capitano, der im Begriff war, sein Kommando und sein Schiff zu verlieren. Nein, dachte er, es ging nicht, er konnte den Kollegen nicht bitten, die Fütterung zu übernehmen, sie war sein Liebling, kannte seine Stimme, den Ledergeruch des Mantels, nur er, er allein, durfte ihr nahekommen. Gundi? Ausgeschlossen. Gundi hatte Kinder, drei oder vier oder fünf, Anthroposophinnen werfen wie die Karnickel, sie haben für Katzen keine Zeit. Aber die Katze brauchte ihr Futter! Verdammt nochmal, ich kann die Katze nicht krepieren lassen! In seiner Hand lag ein schwerer Schlüssel. Er hätte aufstehen, den Schlüssel ins Schloß stecken und das Gartenhaus betreten können. Früher oder später, sagte er sich, muß ich hinein und die Ration für morgen zubereiten, eine doppelte Portion. Hätte man im Gefecht gestanden, und eine Zeitlang sah er sehnsüchtig in die entlaubten Kronen hinauf, hätte er sofort gehandelt: Befehl an die Bataillone zum Rückzug, nach Möglichkeit geordnet.

Mein lieber Gerber, danke Ihnen für alles, Sie waren ein guter Mann.

Jawohl, Herr Oberst.

Handschlag, Pistole an die Schläfe, Achtungsstellung, Abmeldung und Schuß. Aber Gerber war tot, schon seit Jahren, und das eiserne Ding war keine Ordonnanzwaffe, sondern der Schlüssel zum Gartenhaus. War das die Lösung? Den Rucksack füllen, dann zum Friedhof und mitsamt der Katze ab in die Berge? In einem zweitägigen Gewaltmarsch, schätzte er, würde er sein ehemaliges Operationsgebiet erreichen. Dort kannte er jeden Stein, jede Runse, jede Hütte. Dort ließe sich überwintern, auf irgendeiner Alp, fernab von den Menschen. Es gab nur ein einziges Problem: der Nachschub. Verstehst du mich? Wir haben keinen, der uns mit Nachschub versorgt.

Die Schrift wurde greller, es begann zu nachten. Die Katze, das fühlte er, verstand ihn. Der Hungertod ist ein schlimmer Tod. Der Oberst stand auf. Ich muß verhindern, daß du tagtäglich zum Grab gehst, knochig und zittrig wie damals, als ich dich gefunden habe, winselnd und jammernd wie die Seele eines toten Kindes. Verstehst du mich? Und wieder verstand sie ihn. Wir werden es kurz machen, sagte er, kurz und schmerzlos. Da fiel ihm der Schlüssel aus der Hand, der Boden stieg in die Senkrechte, ihm entgegen, er hörte ein Krachen, ein Splittern, und dann wurde es dunkel.

Seit Tagen war der Ofen nicht mehr geheizt worden. Das Knistern, sagten die schwarzen Frauen, gemahne einen Sterbenden an das Fegefeuer. Sie saßen am Stubentisch, den Rosenkranz betend, und ihre Gebisse, damit kein Zähneklappern den Scheidenden erschrecke, lagen wie glänzende, rote Kröten auf dem Wachstuch. Von Zeit zu Zeit stand eine der Frauen ächzend auf, tunkte einen Lappen in die Schüssel, wrang ihn aus, dann ging sie zum Vater und wusch sein Gesicht. Man hatte sein Bett in die Stube gestellt. Als es zu tagen begann, mußte der

Bub niederknien, der Vater legte ihm die Hand auf den Kopf, und dann begann er zu reden. Im Schrank sei ein Lebkuchen versteckt. Keiner von den vornehmen, keiner, der mit Honig dick gefüllt und mit einer Verzierung überkrustet sei, aber, sagte der Vater, ein Lebkuchen. Er dulde es nicht, daß der Verganter auch den Lebkuchen fresse. Da griffen Hände nach ihm, jetzt müsse er beten, sagten sie, ihre Zähne waren wieder im Mund, eine tätschelte seine Wange, und eine, die er nicht kannte, sagte leise, der Kalte habe angeschlagen, Vaters Seele sei mit dem Kalten durchs Fenster davon. Dann kam der Schreiner. Er messe dem Vater das letzte Gewand an, sagte er, und der Bub mußte lachen. Am Abend führte man ihn ins Pfarrhaus, den Wänden entlang saßen Bauern, er mußte ein Vaterunser herbeten, und der Pfarrer kratzte ihm mit einem rissigen Daumen ein Kreuz auf Stirn, Mund und Kinn. Gut, sagte eine dunkle Stimme, der gefalle ihm, den nehme er. Und die Bauern standen auf und gingen hinaus. Bis zur Beerdigung blieb der Bub beim Pfarrer, dann brachte man ihn in die kalte Stube zurück, hier solle er warten, der Stauffer hole ihn ab. Lange saß er auf der Ofenbank, dann kletterte er aufs Büffet, öffnete die gläsernen Tore, langte im Dunkel nach dem Lebkuchen, und geschwind aß er ihn auf. Mitten in der Nacht ein Poltern. Das war der Stauffer, sein Onkel. Er warf sich auf das Totenbett und goß, wie er sagte, sieben Weihnachten auf einen einzigen Schluck in sich hinein. Der Tote sei nämlich ein Geizhund gewesen, habe den Schnaps auf viele Jahre und ausgesuchte Tage verteilt, jetzt ein Lachen, ein Gluchzen in der Flasche, dann zog ihm der Stauffer einen Kittel des Vaters an und zog ihn hinaus in den Frost. Der Weg war hart und glänzte. Trat er auf den Saum, fiel er hin, der Stauffer lachte, der Jüngste Tag, rief er, Prost Heiland und Söhne, alles ein einziger Schwindel, darauf freue sich der Stauffer schon heute.

Im Staufferhof bekam er eine Kammer unter dem Dach. Manchmal fluderten Eulen durch die Luke, flatterten gegen die Wand, und der Bub dachte an die Seelen, die sich an der Scheibe nicht zerschneiden. In den Nächten legte sich ein Kater über seinen Hals, er gab ihm warm, und es gelang ihm, den Kater vor dem Stauffer zu verbergen. Denn alle Kater und Katzen wurden mit Kälbermilch gefüttert, und waren sie zwei Jahre alt, stach sie der Stauffer ab und beizte sie ein. Das schmecke ihm, sagte er, besser als Küngel. Erst verschlang er die Leber, dann den Braten.

Oft schlugen lange vor der Tagwache die Hunde an. Dann wußte der Bub: Der Stauffer lag draußen, flach hingestreckt, am Körper klebte das Hemd, sein Schädel blutete, nun habe es mit der Schnapserei, stöhnte der Stauffer, ein Ende, kroch in den Brunnentrog hinein, kopfvoran, und die Beine zog er wie einen Krokodilsschwanz hinter sich her. Das Vieh hatte der Bub schon am frühen Morgen gemolken und gefüttert, und war der Stauffer wieder aufgetaucht, ging er zu den Tansen und hob einen Deckel ab; eine fette Milch wars, von rahmigen Flocken überschäumt. Sie roch nach der Wärme des verjauchten Gadens.

Der Stauffer trank immer mehr; sein Essen wikkelte er in ein Tuch ein, im Stall, sagte er, komme ihm der Appetit von selbst. Eines Tages jedoch stieß der Bub auf drei Säcke, die mit harten Broten und angebissenen Würsten gefüllt waren. Da wußte er, daß es mit dem Stauffer zu Ende ging, er brachte nur noch Flüssiges durch die Gurgel.

War im Dorf jemand gestorben, machte der Stauffer den Totengräber. Miteinander hoben sie die Grube aus, der beste Schüler der Primarschule und der schwitzende Schnapser, den keiner mehr grüßte. Die Knochen und Schädel, die sie mit den Erdklumpen herausholten, packten sie in Stauffers Rucksack – das wurde später zu Mehl zermahlen, in Tüten abgepackt und an das Pfarrhaus verkauft. Als der Stauffer tot war, hob er ihm die Grube aus. Seinen Graberlohn, ein Viertelpfund Bohnenkaffee, legte er dem Toten in den Sarg. Der Stauffer war von einer Tanne, die er selber gefällt hatte, erschlagen worden.

Er wurde nach Luzern überstellt, in die Stadt. Er war jetzt dreizehn, Sekundarschüler, armengenössig und für das Waisenhaus zu alt. Also erhielt er im Taubstummenheim ein Bett und sein Essen. Jeden Morgen mußte er um drei aus dem Bett. Die Frau des Verwalters war es nicht anders gewöhnt: Sie packte einen Schlafenden mit beiden Händen an der Schulter und rüttelte ihn wach. Nie sprach sie ein Wort. Schlug er die Augen auf, schlarpte sie in ihren Filzpantoffeln aus dem Saal.

Im Sommer fuhr er mit dem Verwaltervelo vor die Stadt, fuhr von Hof zu Hof und bot den Bauern die Taubstummen als Arbeitskolonne an. Trat er in die dunklen Ställe ein, hockten sie auf ihrem Melkschemel, und schon bald holte er besser bezahlte Aufträge ein als vordem der Verwalter. Er habe, sagten die Bauern, einen Blick fürs Vieh. Dann kehrte er ins Heim zurück und saß, indes die Verwalterin den Milchkaffee kochte, am Tisch und sah sie an. Hier wurde nie geredet, aber während des Essens war es trotzdem laut – sie schlürften, schmatzten, furzten und rülpsten. Dafür konnten sie nichts. Ihr Ohr, hatte eines Morgens die Verwalterin gesagt, sei nur ein Loch. Sie hieß Gertrud.

Nach dem Morgenessen führte er seine Leute auf die Felder. Stand der Heuet oder eine Ernte an, wurden die Taubstummen im Taglohn beschäftigt. So, sagte er später, habe er das Kommandieren gelernt – mit den Augen. Wörter, Gott je, im Gefecht würde sie eh keiner hören!

Die Schulkameraden mieden ihn. Er war ihnen

fremd, ein Bergler, der seine Schreibfehler mit dem Daumennagel auskratzte und in den Pausen einschlief. Immer war er müde. Im Sommer ging er in aller Frühe zu den Bauern, und im Winter mußte er Morgen für Morgen, um sich den Platz im Heim zu verdienen, die Öfen heizen. Das war, fing er mit der Arbeit an, ein Frieren und Schlottern. Zuerst schlug er aus allen Kesseln die Schlacke ab, fachte das Brennholz an, dann schaufelte er die Kohlen ein, die er aus einem andern Keller, Karrette für Karrette, herangeschleppt hatte. War der letzte Ofen in Gang gebracht, mußte der erste bereits nachgefüllt werden, und sein Körper, der kurz zuvor noch gefroren hatte, kam ins Fiebern, ins Schwitzen, Schwielen brachen auf, eitrige Pusteln und Schorfflecken, die seine Mitschüler verlachten. Aber seltsam – sosehr er seine Hölle haßte, den kaltheißen Keller, so heftig freute er sich über jede Ladung, die in den Kesseln bullernd und rasend verbrannte, denn im Frühling, am Tag, da seine Heizarbeit abgeschlossen war, trat er in die Küche ein, auf dem Tisch dampfte ein Kuchen, Erdäpfel, mit Käse überbacken, dazu Birnenschnitze im Saft, eine Flasche Weißwein, und am langen Herd stand Gertrud und sagte: »Iß, du hast es verdient.«

Eines Tages sprach ihn ein junger Vikar an. Ihm, sagte der Vikar, sei das Kreuz eine doppelte Verpflichtung. Ob er verstehe, was er damit meine?

Er bejahte. Der Vikar meine erstens das Kreuz

Christi auf Golgotha und zweitens das Kreuz in der Fahne des Vaterlandes.

»Optime«, sagte der Vikar. »Einer wie du gehört ins Gymnasium. Werde dafür sorgen. Abtreten.«

Als er das Heim verließ, stand Gertrud im Küchenfenster, und der Verwalter trieb die Stummen, die mit Lappen und Küchentüchern winkten, ins Haus zurück. Im Frühsommer 39 machte er seine Matura. Anderntags rückte er in die Rekrutenschule ein, man sprach schon vom Krieg, und er nahm sich vor, als einer der ersten zu fallen.

VII

Als sei ein ewiger Winter ausgebrochen, verharren Bäume und Autos und Menschen im Zustand der Vereisung, in der Stille des Todes. Keine Bewegung, kein Geräusch, und doch ist dem Land, den Dingen und Menschen noch anzusehen, was sie früher gewesen waren. Auf den Perrons, im Spreizschritt erstarrt, warten sie auf die Einfahrt eines Zuges, auf der Verladerampe stehen drei Eisenbahner, eingerollte Flaggen unter den Armen, und der Oberkörper eines Lokomotivführers hängt aus dem Seitenfenster seiner Rangierlok. Die Masten der Fahrleitung geknickt, einige aus dem Fundament gerissen. Und ein Zug, der in der Böschung liegt. Und Stadthäuser, die auf einer Dachhälfte liegen. Und dem Ufer entlang eine Baumreihe, in der Bucht die abgedeckten Boote, die Bahnhofstraße menschenleer, auf dem Postplatz ein Krankenwagen, die Hecktüre aufgeklappt, im Innern eine Bahre, und der Rauch, der aus den Kaminen steht, ist ein bewegungsloser Bausch. Wohin man auch blickt: tote Materie,mit einem Schlag erstorben, ausgeknipst. Trotzdem hat sich einiges so unversehrt erhalten, als sei es aufgehoben für den Anbruch einer neuen Zukunft – dort ein Stück Landschaft, da eine Reihe von Villen, unter ihnen die *Laetitia,* und hoch über der Stadt, höher als die Kirchtürme, die noch stehen, die Leuchtschrift: MEIER-LABICHE. Auch das Werk mit all seinen Glasdächern, mit den Hallen und Gitterzäunen und Betonflächen, sowie, von einigen Zerstörungen abgesehen, nahezu das gesamte Bahnhofsgelände sind intakt geblieben, detailgetreu bis zu den Geranienkästen, die unter den Perrondächern hängen, winzig zwar, im Dentalspiegel allerdings, den Zizi ihrem Bruder geschenkt hatte, kann man sie betrachten.

Beim See handelt es sich um eine Platte aus Kathedralglas. Schacht hatte sie geschnitten, dann war sie verfugt, dunkelgrün getönt und mit Lamettaschnipseln überstreut worden, so daß, je nach Lichteinfall, im Glitzern der Wellen eine Mallung aufscheint, ein Wechsel der Winde, und schon ist die Erstarrung durchbrochen, die Staubfläche wird zu Eis, es funkelt, es sprüht, aber geschwind schloß der Oberst die Tür wieder zu, der See erlosch, es wurde dunkel, und aus dieser nächtigen Welt, die fast den gesamten Boden des Gartenhauses einnahm, standen die Leim- und Farbtöpfe wie riesige Kühltürme empor. Ihr Inhalt eine steinharte Masse, die Pinsel verklumpt, und in einer Ecke, hochgestapelt bis zur Dachkuppel, Schachteln voller Schienen, Loks, Waggons, Weichen und Signalmasten, die Schwager Schacht dem Sterbenden geschenkt hatte. Kurz nach dieser letzten Lieferung waren die Arbeiten eingestellt worden, und die halbfertige Anlage begann zu verstauben.

Der Oberst hielt den Atem an. Er hörte Schritte im Kies, die Tür ging auf, wieder fiel Licht ins Gartenhaus, und lange standen sie sich gegenüber, er und Lucienne.

Nichts geschah. Sie lächelte. Dann nahm sie auf seinem Feldbett Platz, das noch immer neben der Tür stand. Mit knirschenden, ein Haus, eine Weiche zerstampfenden Schritten querte der Oberst die Stadt und den See, stieß ein Fenster auf, stemmte sich gegen die Läden – außen waren sie mit Brettern vernagelt –, ein Krosen, Splittern, Krachen, und jetzt, plötzlich, brach mitten aus den Alpen, die an die Wand gemalt waren, ein Frühlingstag hervor, ein Fenster voller Vogelgezwitscher, eine blendende, fließende Helle.

Das westliche Ufer, ein Hügelzug am Fuß der Alpen, war Ruine geblieben, eine Ruine im Bau. Zwar gab ein berechnetes Gewirr von Holzstangen den Hügeln ein Skelett, aber die Kuppen waren nur mit Fliegendraht überzogen, eine wiesenlose Landschaft, und nach Süden zu, am Ende der fjordähnlichen Bucht, wo sein ehemaliges Operationsgebiet begann, vermochten die wenigen Felspartien (Korkrinde) und eine undeutliche Horizont- und Gipfellinie (mit Kohlestift an die Wand gezogen) vom Gotthardmassiv nur eine vage Ahnung zu vermitteln. Der Oberst blieb stehen, hier kannte er jeden

Stein. Dann ließ er sich an der Wand zu Boden gleiten, und so blieb er nun sitzen, die Stiefel mitten im See, und betrachtete seine Frau, die wie ein Gebirge hinter der Stadt sich erhob, schwarz, stumm und alt. Liebe auf den letzten Blick, dachte der Oberst, und Lucienne, als habe sie seine Gedanken erraten, grinste ihm zu.

Die Stadt lag genau unter der Kuppel, also im Zentrum, und führte die Entstehung einer solchen Anlage in all ihren Schichten vor Augen. Hier ein Rohbau, dort eine Leerstelle und unmittelbar daneben die fixfertige Nachbildung der Uferwege (aus Kartonstreifen), die Quailaternen Drahtstifte, oben gebogen, ein Leimtropfen als Haube. Die Baumstämme Zimmermannsnägel, mit Bast umwickelt, und ihre Kronen, teils bemalt, teils nur geformt, waren ponalgetränkte Wattebäusche, die der einmal täglich vorbeischauende Stabsarzt seinem Patienten überlassen hatte. All diese Winzigkeiten waren in langwieriger Arbeit unter der Lupe entstanden; nur die Passanten und Eisenbahner, die anstelle des Gesichts ein fleischfarbenes Oval haben, sowie die Züge, die Schienen und das sogenannte Zubehör (Signale, Weichen, Barrieren) hatte das Versandhaus geliefert.

Am andern Tag kamen sie wieder, und wieder blieben sie im Gartenhaus, bis die Dämmerung die plastischen Täler mit blauen Schatten vertiefte und das letzte Licht an der weißen Südwand erlosch.

Dann gab der Oberst seiner Frau den Arm. Sie gingen auf die *Laetitia* zu, vom See tönte ein schwüles Waldhorn herein, jetzt ein mörderisches Gejauchze, der Ausflugsdampfer zog vorüber, voller Jodler und Jodlerinnen, und grinsend zeigte der Oberst über seine Schulter in den Park zurück. Ein Busch weißer Rosen leuchtete wie Schnee aus dem Dunkel hervor.

Die Besuche im Gartenhaus lösten ihre Grabbesuche ab. Um drei Uhr nachmittags, genau wie früher, tranken sie ihren Tee, dann befahl der Oberst den Abmarsch. Ihre Haut trugen sie wie Kleider, die sich ähnlicher wurden von Monat zu Monat. Die Zeit lief rückwärts, nur noch die Vergangenheit war lebendig. Darüber konnten sie lachen, stundenlang reden, und war das Gespräch im frühen Abend versickert, träumten sie die alten Geschichten weiter, in ihre Jugend- und Kinderzeit hinab, die für ihn ein Gebirge voller Vorsprünge und Abhänge war und für sie ein Land mit riesigen Bäumen, von bebrillten, aktenschleppenden Sekretären durcheilt. Dann sah Lucienne durch das Alpenfenster in den Park hinaus, fast ein bißchen verstört, denn die Verwilderung trieb das Gras, die Büsche und Bäume in jene Pracht und Größe zurück, die sie mit Kinderaugen angestaunt hatte. Im wilden Wuchern war die Zeit getilgt, und wie ein seetüchtiges Schiff lag die *Laetitia* reglos in der Bucht eines unerforschten Archipels.

Irgendwann fuhr der erste Zug. Mit allen Waggonfenstern lichternd schloff er in Tunnels hinein, kam weiter oben wieder aus dem Berg, und die Transformatoren, die im Innern der Meier-Labiche-Werke untergebracht waren, ließen ein leises, wirklichkeitsgetreues Surren hören. Der Oberst lag bäuchlings im See, die Hände durch die Werkstore (sie schlossen sich wie Manschetten um seine Arme) ins Innere gestopft, und schon bald spielten seine Finger routiniert über die Schalter, Knöpfe und Hebel, normaler Verkehr, kaum noch Zwischenfälle. Durch das Glasdach der Montagehalle konnte er das angekippte Schaltpult überblicken, und gegen Abend, wenn die farbigen Lämpchen aus dem Innern herausleuchteten und seine dunklen Hände wie Riesenkraken über die Pulte krochen, immer neue Fahrstraßen erstellend, sah er der Haltung seiner Gattin an, daß sie in Gedanken im Spital saß, neben dem Brutkasten, worin dieses winzige Bündel lag, angeschlossen an Plastikschläuche, mein Sohn, hat er damals gesagt, wird den Tod überhauen.

»Gehen wir?«

»Gehen wir.«

Die bittere Trauerzeit war vorbei. Hier, unter dieser Himmelskuppel, die einen Sonnenzeiger im Lauf des Nachmittags über Land, See und Schachteln wandern ließ, wurden sie zufriedener von Tag zu Tag. Weichenwürfel klickten, Barrieren klingelten, auf den Perrons warteten Menschen, am Quai lag das Ausflugsschiff, Lucienne saß auf dem Feldbett, eingepackt in Tücher, und der Oberst, mit seinem Offiziersmantel zugedeckt, lag im See. Er dachte immer öfter an jene winddurchheulte Winternacht, da sie zu dritt, er, sein Sohn und Schacht, den Nordsüdstrang verlegt und mit dem Graphitstaub ihrer Bleistifte eingeschottert hatten. Damals war er zum ersten Mal ins Gartenhaus gekommen, und seis, daß die im Entstehen begriffene Anlage den Strategen fasziniert hatte, seis, daß sein auf den Tod erkrankter Sohn dem Befehl des Vaters, endlich schlafen zu gehen, nicht nachgekommen war – auch der Oberst hatte sich schließlich in die Landschaft gekniet und war den beiden Erbauern behilflich, die Strecke noch in der Nacht zu vollenden. Da sie in die Alpen führte, kam ihm der Gedanke, eine Truppenverlegung vom Mittelland in die Berge unter kriegsmäßigen Bedingungen durchzuführen, und schon zwei oder drei Monate nach seinem ersten Besuch entschlossen sie sich, diesen Plan zu realisieren. Während die Pferdewaggonierung (mittels Pinzette) noch im Gang war, mußte die Übung abgebrochen werden. Schacht trug den Sohn ins Haus hinüber. Kurz danach fuhr ein Wagen vor, hastige Schritte im Kies, vermutlich der Stabsarzt, erregte Stimmen, und dann war es still. Der Oberst blieb im Gartenhaus allein zurück, auf dem Ostufer hockend, heulend wie ein Kind. Zu seinen Füßen eine unvollendete, nach Farbe und Leim riechende Welt, herumliegende Drähte, Lötkolben und Schraubenzieher.

Alle Züge standen still. Der Oberst, um irgendetwas zu tun, kroch auf allen vieren herum und zog die Stecker heraus.

»Gehen wir?«

»Gehen wir«, sagte er, nahm den Stock, hängte sich gebückt an den Arm seiner Frau und schlurfte nun, Schritt vor Schritt schiebend, an ihrer Seite auf das Haus zu. Dieser einzige Weg, den er noch ging, wurde mit jedem Tag etwas länger. Als sie endlich die Treppe erreichten, war es Nacht geworden.

Eines Nachmittags hörten sie Zizis Autohupe, allerdings war ein Durchkommen für Motorfahrzeuge nicht mehr möglich, abgebrochene Äste lagen herum, überall Treibholz, und der Kiesplatz war zu einer krautigen Wiese geworden.

Wie Lucienne später feststellte, war Zizi in die Schiffhütte eingestiegen und hatte das alte Ruderboot aus dem Wasser gekurbelt. Am Kiel hingen lange, schwere Algenbärte. Im Lauf des Sommers trockneten sie aus, wurden zu grauen Zöpfen, umsirrt von Mücken, die zahlreicher wurden, zu Myriaden, und in zuckenden Schwarmwirbeln durcheinanderschossen. Lucienne gefiel der irr schrille Singsang, den ab und zu eine hereinsegelnde Schwalbe zerschnitt, oder es schnellte ein Fisch empor, sekundenkurz auf die Schwanzflosse gestellt, schnappte, plitschte zurück und tauchte in das modderschlammige Hüttenwasser wieder ab. Gärendes, keuchendes, fleuchendes Leben. Warf sie ein Stück Brot weg, war es sofort von Käfern übergramselt, aus dem Schilf tönten Brutrufe, und Lucienne, singend und lachend, durchtanzte das hüfthohe Gras auf der Uferwiese.

Il Capitano saß hinter der Terrassenbrüstung im Rollstuhl. Sein Kopf war auf die Brust gesunken, aber dennoch schien er sie zu hören – er winkte mit dem Schmetterlingsnetz.

Allüberall ein Gesumm in der Luft, ein Sausen und Brausen, jetzt schossen Enten auf, ein heftiges Gepladder, und ihre fetten Flügel erzeugten ein Saugen und Schnalzen, Stöße, Schläge, komm schon, und über ihr, mondlichtbepudert, seine starken Achseln, die nasse Stirn, die schnaubende Nase, so warte doch, stößt sie hervor, stemmt den Unterleib auf, weg vom klebrigen Plastiksitz – ja, richtig, im alten Chevi wars gewesen, oben auf der Furka, sie in seinen Armen, draußen der Gebirgskrieg, Böllern, Geknatter, Rufe, Schreie, sein Regiment rückte vor, an den Wagenfenstern hasteten gebückte Gestalten vorbei, wippende Antennen auf dem Rücken, sie krallt ihre Finger in sein Fleisch, lachend, jetzt schreiend: komm.

Lucienne sah den abdrehenden Vögeln nach. Bald fünf, höchste Zeit für den Tee.

Sie schob den Mann ins Herrenzimmer, band ihm

eine Serviette um, füllte eine Schoppenflasche mit Whisky und ließ ihn daran nuckeln. Die Flasche empfand er nicht als Entwürdigung: Seine Hände waren so fahrig geworden, als habe man die Knochen aus der fleckigen Haut herausgezogen. Aber der Oberst schätzte es, ohne ihre Hilfe trinken zu können – schließlich, so einer seiner letzten, noch verständlichen Sätze, sei er Nachschuboffizier gewesen. Nach-Schub. Nach-, und er bäumte sich auf, mit letzter Kraft: Schub. Da hatte Lucienne begriffen, daß sich auch der Verstand ihres Gatten aus der Wirklichkeit davonstahl, sogar den Rang und sein Regiment, das ihm doch das Wichtigste auf der Welt gewesen war, schien er vergessen zu haben. Die Schlucke flossen ihm wieder heraus, aber das machte nichts, wirklich nicht – der Bart verlieh ihm das würdevolle Aussehen eines alten Kapitäns.

Trotz des hohen Sommers war es im Innern angenehm kühl. Efeu begann die Fenster zu überwuchern, und fast schien es ihr, als gebe dieser Dämmerungsgürtel, der sich um die *Laetitia* flocht, der Luft einen Hauch von zartblauer Farbe.

Lucienne blätterte im Album. Manchmal lachte sie leise, und wenn er den Kopf ein wenig hob, holte sie den Rollstuhl neben ihre Sofalehne und legte das aufgeschlagene Buch auf seinen Schoß. Hier haben wir geheiratet. Hier wird Zizi getauft. Hier erhält der junge Hauptmann seine erste Kompanie. Hier schüttelt ihm Fonti, der spätere Divisionär, die

Hand, Manöversieg am Rheinwaldhorn, der Gipfel in den Wolken. Hier der behelmte Bataillonskommandeur, am Bildrand Gerber, und hier, mein Gott, das ist ja die Fonti, blond wie die Monroe, Sonnenbrille im Haar und zwischen den Fingern eine Gitane, Studienreise des Stabes durch die Normandie, hier das Picknick am Atlantikwall, links der Bunker, der Kasak betrunken im Sand, und hier, jetzt mußte sie wieder lachen, die Taufe der jüngsten Tochter, Zizi, die älteste, mit Tränen, hatte irgendwo ihr Täschchen verloren, nein, das Täschchen war später, und hier – Sohn, versuchte er zu sagen.

Sie tätschelte seine Wange. Braver Mann. Bei Einbruch der Dämmerung goß sie ihm den Schoppen wieder voll, nun mit einem leuchtend schwarzen Rum. Die Flaschen hatte sie von ihrem Vater geerbt; sie kamen von der andern Seite des Äquators – sie hatten, wie es unter Seeleuten heißt, die Linie passiert. Das war der Sundowner. Draußen verklang das Gesumm, das Gezwitscher hörte auf, und schon bald war die Stille an Bord der *Laetitia* so tief geworden, daß sie in ein Dröhnen von Schiffsmotoren überzugehen schien, ein zittriges Getöse, volle Kraft voraus, auf jenen Stern zu, der hoch im Süden steht, zwischen den nachtschwarzen Blättern ein Punkt in der blauen Unendlichkeit.

Nach dem Tod des Obersten zog Lucienne ins Tessin; die *Laetitia* wurde verkauft. Sie lebte allein und spazierte jeden Abend dem See entlang, auf

Brautschau für ihren Sohn, der nun zehn Jahr tot war und in ihren Träumen ein kleines Kind. Ob die Blonde dort zu ihm passen würde? Oder die dort, die auf dem Geländer hockte? Hintenherum vielleicht ein wenig zu drall, aber das mögen die Männer, das mögen sie alle.

On a du style, befahl sich Lucienne, wandte den Blick ab und schritt weiter.

Der Autor dankt der Schweizer Kulturstiftung
Pro Helvetia für die Unterstützung seiner Arbeit.

»Mit seinem kunstvoll konstruierten kleinen Roman erzählt Chatwin nicht nur die geistreiche Geschichte eines Sonderlings, sondern verrät viel über Lebenskünste in einer vom Lauf der Dinge gezeichneten Welt.«
Frankfurter Rundschau

Bruce Chatwin
Utz

Roman

Aus dem Englischen von Anna Kamp

Band 10363

Utz – eigentlich Kaspar Baron Utz, doch man befindet sich im real existierenden Sozialismus rund um den Prager Frühling – ist ein kauziger Privatgelehrter, dem zwar das Schloß seiner Vorfahren samt Dörfern und Grundbesitz abhanden gekommen ist, der aber etwas ihm viel Kostbareres in seine schäbige Zweizimmerwohnung hineingerettet hat: seine riesige Sammlung Meißner Porzellan. Jahr für Jahr hindert sie ihn daran, in den Westen zu gehen, denn er kann schließlich seine Figuren nicht im Stich lassen. Aber es steckt natürlich noch etwas anderes dahinter – seine Liebe zu Prag, sein bizarres Arrangement mit seiner treusorgenden Haushälterin Marta, die in jeder Weise, nicht nur hinsichtlich der Installation seiner anspruchsvollen erotischen Existenz, unbezahlbar ist, und es steckt ein ästhetisches Lebensgefühl dahinter, das von Ideologien weder irritiert noch verlockt werden kann, weil es unendlich hoch über allem steht.

Fischer Taschenbuch Verlag

fi 1173 / 1

J.M.G. Le Clézio
Mondo
Erzählungen

Aus dem Französischen von
Rolf und Hedda Soellner
Band 9593

In den acht Erzählungen dieses Bandes, modernen Märchen, geht es um die ewigen Ängste, Wünsche, Träume und Schwierigkeiten von Kindern in einer unwirtlichen Welt, die sich nicht viel um Kinder kümmert. Sie sind sich selbst überlassen, alleingelassen mit dem Gefühl der Fremdheit, und jonglieren auf dem schmalen Grat zwischen Abenteuer und Lebensgefahr. Bevormundet, aber nicht behütet, reißen sie immer wieder aus, oder »steigen aus«, schaffen es aber, sich selbst zu retten. Wie ›Mondo‹, der umherstreunende Junge aus der Titelerzählung, der irgendwann in der Stadt auftaucht, um auf seine lächelnd-anarchische Weise hier zu leben, und spurlos wieder verschwindet, nachdem die Behörden ihn aufgegriffen haben. Diese Kinder suchen sich ihre eigenen Wege abseits der Zivilisation in einer unendlich schönen, aber auch gefährlichen Natur - einem Kosmos aus Sonne, Wüste, Meer und Wind, einer Welt mystischer Ursprünglichkeit.

Fischer Taschenbuch Verlag

fi 1038 / 5

Inge Merkel
Eine ganz gewöhnliche Ehe
Odysseus und Penelope
Band 9230

Noch einmal, und das auf unvergleichliche Weise, erzählt Inge Merkel die alte Geschichte von Odysseus und Penelope, die wir so gut zu kennen glauben. Er ist Odysseus, der »göttliche Dulder«, einer, der hinaus will, um sich zu bewähren in der Welt der Männer und bald auch der der Frauen (gewisser jedenfalls), wozu ihm die Götter denn auch zweimal zehn Jahre lang reichlich Gelegenheit geben. Und sie ist Penelope, eine, die warten gelernt hat, weil sie es lernen mußte, und die sich währenddem doch auch, auf ihre Weise, ihren Teil vom Leben genommen hat. Die Ehe dieser beiden eine »ganz gewöhnliche« zu nennen, deutet bereits jene Mischung von Ironie und Lebensklugheit an, mit der Inge Merkel erzählt. Nicht Götterintrigen, sondern was Menschen einander antun, bewegt sie. Zwischen den ersten und den letzten Blicken, die Odysseus und Penelope miteinander tauschen, entfaltet sich eine Ehegeschichte, die Güte ebenso kennt wie Kummer und Verzweiflung, aber auch das große gemeinsame Gelächter. Sie ist als Inbild tiefreichend wie der Mythos, weil sie auf Liebe gegründet ist.

Fischer Taschenbuch Verlag

fi 1053 / 2

Katherine Mansfield

Das Gartenfest
Erzählungen
Herausgegeben und übersetzt
von Elisabeth Schnack
Band 9269

Die in diesem Band zusammengefaßten fünfzehn Erzählungen lassen die Welt der jungen Katherine Mansfield in New Zealand erstehen. Mit scheinbar einfachsten Mitteln beschreibt sie scheinbar mühelos einen Ausschnitt »Leben«.

Das Leben sollte sein wie ein stetiges, sichtbares Licht
Tagebücher, Briefe, Kritiken
Mit einer biographischen Skizze von Elisabeth Schnack
Herausgegeben von Christel Schütz
Band 5739

Viele Erzählungen Katherine Mansfields sind von ihrer Lebensgeschichte geprägt, um wieviel mehr sind es ihre Tagebücher und Briefe. Mit der Verflechtung von Briefen, Tagebuchauszügen und Buchkritiken wird ein Bild der Schriftstellerin vermittelt, ihrer ständigen Auseinandersetzung mit dem Beruf als Schriftstellerin (»Ich lebe, um zu schreiben«), ihre Angst, den eigenen Anforderungen nicht genügen zu können.

Marguerite Yourcenar

Der Fangschuß
Aus dem Französischen von Richard Moering
Roman. Band 5475

Die schwarze Flamme
Aus dem Französischen von
Anneliese Hager, René Cheval, Bettina Witsch
Roman. Band 10072

Eine Münze in neun Händen
Aus dem Französischen von Rolf und Hedda Soellner
Roman. Band 5476

Gedenkbilder
Aus dem Französischen von Rolf und Hedda Soellner
Eine Familiengeschichte. Band 5472

Lebensquellen
Aus dem Französischen von Rolf und Hedda Soellner
Eine Familiengeschichte. Band 5473

Liebesläufe
Aus dem Französischen von Rolf und Edda Soellner
Eine Familiengeschichte. Band 10499

Mishima oder die Vision der Leere
Aus dem Französischen von Hans-Horst Henschen
Essay. Band 5474

Fischer Taschenbuch Verlag

fi 913 / 2

Erzähler–Bibliothek

Jerzy Andrzejewski
Die Pforten des Paradieses
Band 9330

Veljko Barbieri
Epitaph eines königlichen Feinschmeckers
Roman
Band 11026

Hermann Burger
Die Wasserfallfinsternis von Badgastein *und andere Erzählungen*
Band 9335

Joseph Conrad
Jugend
Ein Bericht
Band 9334
Die Rückkehr
Erzählung
Band 9309

Heimito von Doderer
Das letzte Abenteuer
Ein »Ritter-Roman«
Band 10711

Fjodor M. Dostojewski
Traum eines lächerlichen Menschen
Eine phantastische Erzählung. Band 9304

Carlo Emilio Gadda
Cupido im Hause Brocchi
Erzählung. Band 11016

Nikolai Gogol
Der Mantel/Die Nase
Zwei Erzählungen
Band 9328

Ludwig Harig
Der kleine Brixius
Eine Novelle
Band 9313

Henry James
Das glückliche Eck
Eine Geistergeschichte
Band 10538

Abraham B. Jehoschua
Frühsommer 1970
Erzählung
Band 9326

Franz Kafka
Ein Bericht für eine Akademie/ Forschungen eines Hundes
Erzählungen
Band 9303

Alfred Kantorowicz
Meine Kleider
Band 11424

Eduard von Keyserling
Schwüle Tage
Erzählung
Band 9312

Michail Kusmin
Taten des Großen Alexander
Roman
Band 10540

Fischer Taschenbuch Verlag

fi 669 / 11a

Thomas Hürlimann

Die Satellitenstadt

1992. 192 Seiten. Gebunden.

»Wie wenige andere deutschsprachige Prosawerke beweist derzeit dasjenige Thomas Hürlimanns, daß ein großer Erzähler durchaus kein Mann vieler Worte zu sein braucht. Mit den Erzählungen in *Die Satellitenstadt* legt er jetzt Gelegenheitsarbeiten aus den letzten Jahren vor, in der Hauptsache fünfundzwanzig Prosaminiaturen … Hürlimanns Erzählungen sind der Versuch, die ›verzappte Realität‹ nicht mehr zu flicken, sondern ihre Splitter als schrittweise heraufziehende Katastrophe sichtbar zu machen. Mit Nachdenklichkeit, mit Humor, mit Engagement und – unüberhörbar – mit wachsender Verzweiflung.« *Neue Zürcher Zeitung*

»*Die Satellitenstadt* des Schweizers Thomas Hürlimann ist ein pointenmeisterliches Feuilleton, auch wenn letztlich die Erzählfäden zu einem veritablen kleinen Roman zusammenlaufen; der Autor spricht mit einiger Untertreibung von ›Geschichten‹ – jedenfalls verführt er aufs listigste zur Kunst der Unterhaltung.« *Profil, Wien*

»Man sollte sich diese Erzählungen auf den Nachttisch legen, als kleines poetisches Vademekum, das, immer wenn man darin herumschnuppert, der geknickten Seele Mut zuspricht. Von Goethe stammt der Ausspruch: ›Das Leichte, das ist das Schwere.‹ Stimmt genau. Und das, was Thomas Hürlimann kann, hat der Geheime Rat selbst nicht gekonnt.« *Zitty, Berlin*